림

젊은 작가 소설집 3

옥구슬 민나

차례

공중산책

김여름

나의 장례미사가 있는 날이다. 여름 오후의 빛과
스테인드글라스. 직각의 빛은 하나의 울타리처럼 보인다.
나는 오색에 둘러싸인 채로 가만히 나의 육체에 대해
생각하고 있다. 어떤 방식으로 설명해야 좋을까. 그러니까,
나의 상태 같은 것. 나는 죽었다. 이제 과거는 중요치 않게
됐으니 이 사실에 구태여 이유를 덧붙일 필요는 없겠지.
나는 죽었고, 성당 안의 사람들은 모두 나의 안식을 위해
모였다. 그뿐이다. 나는 검은 옷을 입고 실의에 빠진 듯
보이는 사람들을 찬찬히 살핀다. 이들은 뭐가 그리 슬픈
걸까. 대부분이 나와 몇 번 인사만 주고받았던, 독실한
천주교 신자들이다. 가족도 아닌 자들이 뭐가 그리 슬픈지
모르겠지만, 어쨌든 이들은 묵상을 통해 신에게 기도하고
있다. 나의 육체를 위해, 혹은 나의 영혼을 위해. 결국 자기
자신을 위함일 수도. 그들의 기도는 내게 들리지 않는다.
공간은 침묵뿐이다. 기도 같은 거, 사실 아무것도 아니었군.
나는 그런 생각을 하며 눈을 감은 사람들 사이를 걷는다.
가만히 기도하던 신자 하나가 울음을 터뜨린다. 나는 그에게
다가가 가만히 눈물을 닦아준다. 울지 마세요. 나조차도 내
죽음이 슬프지 않은걸요. 그렇지만 이들은 이제 영영 내
목소리를 들을 수 없게 되었다. 가련한 신자들.
　봉사자들이 삼나무로 짠 관과 나의 영정사진, 촛불과
생화를 운반한다. 신자들은 하나둘 일어서 향로를 피우는
모습을 바라본다. 너무도 경건한 분위기에 어쩐지 하품이
나오려 한다. 그래서 하품을 한다. 이제는 하품을 해도 눈물은

나오지 않는구나. 나는 괜히 그것을 느끼려 몇 번이나 하품을 하고, 홀로 벤치에 앉아 운반되는 영정사진을 바라본다. 이내 오르간 연주가 시작되면, 나는 경악에 빠진다. 어쩌다 이 사진이 영정사진이 되었을까. 나는 두 배가량 확대된 눈동자를 응시하다 괜히 기분이 불쾌해지고, 신자들은 나의 거짓된 얼굴을 바라보다 하나둘 오열한다. 유서는 안 쓰더라도 영정사진은 골라 놓는 것이 좋았겠군…… 죽음이란 이상한 종류의 깨달음을 준다.

그렇다면 왜 이 사진이 영정사진이 되었는가. 나는 그런 질문에 도달하는 동시에 루를 떠올린다. 분명 이 사진을 제공한 것은 루일 것이므로. 그러나 루는 여기에 없다. 그는 나의 장례미사에 참석하지 않았다. 이렇게 상도덕까지 없는 놈인 줄은 몰랐는데.

그 사실에 괜히 심술이 나 관 옆 마련된 촛대의 불을 후, 불어 끈다. 당황한 봉사자는 어기적대며 다시 불을 붙인다. 그럼 나는 또다시 후, 끈다. 당황한 봉사자는 또다시 불을 붙인다. 신부가 봉사자를 보며 뭐 하는 거냐는 눈짓을 보낸다. 나는 그 모습을 보며 기분이 조금 나아진다. 이쯤 하자. 봉사자가 붙인 불꽃이 고요하게 타오르고 있다. 영원히 꺼지지 않을 것처럼. 오르간 연주가 멎는다.

죽음은 소멸이 아니라 영원한 생명의 시작입니다.

신부의 말씀 전례가 시작된다. 누구에게도 이야기한 적 없지만, 나는 단 한 번도 신을 믿은 적이 없다.

김여름

나는 이곳에 조금 더 머무르기로 했다. 첫날
서울아트시네마에 가 훔쳐본 영화가 재밌었기 때문일까, 하고
나는 생각한다. 루가 좋아하던 프랑스 감독의 영화였는데.
이름이 뭐였더라. 나는 여전히 루가 좋아하는 예술가들의
이름을 제대로 발음하지 못하고, 귀신이 되어 이름도
모르는 프랑스 감독의 영화를 훔쳐본다. 이 영화는 감독의
유고작이다. 귀신이라는 건 무엇이든 훔쳐볼 수 있다는 것을
뜻했다. 나는 이제 하루 종일 앉아서 영화를 훔쳐볼 수도
있고, 서점에 가 신간 소설을 훔쳐 읽을 수도 있다.

서울아트시네마에서 15분가량을 걸으면 광화문 교보문고가
나온다. 나는 영화를 본 뒤 광화문 교보문고에 가 신간 코너를
서성이는 사람들 사이로 책을 남김없이 읽는다. 말하자면,
훔쳐 만든 이야기를 훔쳐보는 것이고. 누가 그렇게 말했더라.
원래 모든 매체는 관음이야.

그러니까 결국 귀신이 되어서 하는 일이라고는, 훔쳐보거나
훔쳐 읽는 것뿐이었는데 그게 마음에 들었다. 극장이나
서점을 한참 헤매다 보면 이상형을 발견하는 일도 있었다.
그럼 나는 그들을 좇아가 어깨에 올라타거나, 목에 매달린
채로 하루를 보냈다. 그러나 귀신이라는 건 생각보다도 더
많은 것을 훔쳐볼 수 있었다. 가령 인간의 내밀한 어떤 것.
저녁 일곱 시마다 다자이 오사무의 책을 읽던 남자는 집에 가
매일 밤 유서를 썼다. 나는 매일 밤 그의 유서를 훔쳐 읽으며

더 이상 한 인간을 훔쳐보는 일은 그만두기로 했다. 인간은
안쓰러운 존재였다. 인간은 매 순간 안쓰러웠다. 어쩌면
인간을 잘 아는 자는 인간이 아닌 자일지도 몰랐다.

  어찌 됐든 내가 이곳에 머무르기로 한 것이 삶에 대한
미련으로 귀결되는 것은 아니다. 한恨이 남은 귀신이
되고 싶은 건 더더욱 아니었으므로. 그저…… 산책을 하는
기분이라고 하면 어떨까. 모든 상념을 비우고 걷는 행위
같은 것. 이제 내게는 삶에 대한 어떤 책임도 남아 있지 않다.
그러니 이 가벼움을 조금 더 누리고 싶을 뿐이다. 이제 나의
과거는 나의 현재에 아무런 영향을 끼치지 못하고, 나는
삶의 고통을 완전히 분리할 수 있게 되었다. 그러니 스크린
바깥에서 영화를 보는 관객처럼, 이 세계를 관조해보기로 한
것이다.

크레딧이 오른 뒤 관객들이 하나둘 극장을 빠져나간다.
나는 마지막 관객이 되어 극장 안에 앉아 감독의 이름을
발음해본다. 장 르누아르. 장 르누아르의 영화는 몇 번이나
이 극장에서 반복될 것인가. 몇 번의 시간이 재생되고
겹쳐질 것인가. 음, 귀신으로서 쓸데없는 생각이다. 나는
광화문 교보문고에 가기 위해 몸을 일으킨다. 그리고 극장
복도에 새롭게 붙여진 히로세 유코의 포스터를 바라본다.
나는 히로세 유코의 포스터를 보며, 나의 기일이 히로세
유코의 신작 개봉일과 약 일주일 정도의 간격을 두고 있음을
기억해낸다. 히로세 유코의 신작은 꼭 보고 죽고 싶어 했지.

김여름

그러나 나는 히로세 유코의 신작을 끝내 보지 못한 채
죽었다. 아무리 히로세 유코의 팬이었다고 해도 영화 개봉
날짜에 맞춰서 죽음을 미룰 수는 없는 노릇이었으므로.
그렇다고 해서 히로세 유코에게 내 죽음에 맞춰 영화 개봉
날짜를 미뤄달라 말할 수도 없었으므로. 그냥 그렇게 했다.
어쩔 수 없는 일들도 있었다. 포스터 하단에 적힌 개봉일을
보니 개봉까지는 이틀 정도가 남아 있었다. 그 말은 루를
만나기까지도 이틀 정도가 남아 있다는 뜻이었다. 나는 그
이틀간, 조금 더 멀리 산책을 나가보기로 했다.

슬슬 실내에만 있는 것이 지겨워질 때면 청계천을 걷는다.
아무런 무게도 실려 있지 않은 몸은 참을 수 없이 가볍다.
나는 걷고, 또 걷는다. 이 세계에는 생각보다도 더 많은
귀신이 산다. 서울만 해도 그렇다. 대부분은 아직 삶에 미련이
있거나, 사람에 미련이 있는 영혼들이다. 그들은 그리운
인간의 몸에 들러붙어 지내거나, 어떤 기억이 있는 특정
장소를 맴돈다. 물론 나처럼 그냥, 존재하는 귀신들도 있다.
그냥. 모든 존재에 이유가 필요한 것은 아니니까.
　귀신은 살아 있는 사람들보다도 멀끔한 몰골이다.
얼굴이 함몰되어 죽었든, 오장육부가 튀어나왔든 자신이
기억하는 마지막 모습을 하고 있다. 나는 죽기 다섯 시간 전
미용실 거울에 비춰봤던 내 얼굴을 기억하고 있다. 유난히

충동적으로 행동하던 날이었고, 그래서 머리를 잘랐고, 헤어
디자이너는 모 아이돌 사진을 보여주며 중단발 레이어드컷이
어떻겠냐고 물었고, 나는 어느새 중단발 레이어드컷을 한
귀신이 되어 있었다. 그런데 그런 생각을 하다 보면 조금
억울해지는 것이다.

어째서 귀신은 모두 산발 머리로 그려졌던 걸까요?

꼭 외진 곳이나 폐가에만 나타나는 것도 웃기죠. 극장에도,
신도시에도 귀신은 있잖아요.

이 진실을 모두가 알아야 할 텐데요.

나는 청계천의 귀신들과 그런 대화를 나눈다. 나도 이제
귀신이라고 귀신 편을 든다. 웃기는 일이다.

청계천을 따라 걷다 계단을 오른다. 다시 도보를 몇 분 걷다
보면 과일 트럭이 있다. 과일 트럭의 주인으로 보이는 남자는
트럭 옆 의자에 앉은 채 꾸벅 졸고 있다. 나는 과일 트럭에서
체리를 하나 훔쳐 먹는다. 그때 뒤에서 나를 안쓰럽게
바라보던 할머니가 말을 건다.

젊은 게 어쩌다 과일이나 훔쳐 먹는 귀신이 됐어 그래.

나는 말없이 할머니를 바라보다 체리 하나를 잘 닦아
건넨다. 이렇게 귀신의 손을 탄 사물은 점점 투명해진다.
할머니는 인상을 팍 구기면서도 반투명해진 체리를 받아
들더니, 자신은 이가 시려 과일을 안 먹은 지 오래되었다고
말한다.

그럼 여기서 뭘 하고 계세요?

내 물음에 할머니는 무언가 기억난 듯 이마를 짚더니 마침

김여름

잘 됐다며, 허리우드 극장에 가는 길을 알려달라 말한다. 할머니와 나는 종로 거리에서 허리우드 극장까지 나란히 걷는다. 사실 나는 허리우드 극장을 잘 몰라 귀신들을 만날 때마다 길을 묻는다. 할머니는 그런 내가 탐탁지 않은지 왜 앞장을 섰냐며 핀잔을 준다. 나는 그럴 때마다 주머니 속에 든 체리를 하나씩 씹어 먹으며 모르는 체한다.

허리우드 극장에는 왜 가세요?

왜 가긴. 재미지니까 가지. 가면 공짜로 영화도 볼 수 있고, 음악도 들을 수 있고, 그 앞에서 바둑도 구경할 수 있는데.

그런 데가 있어요? 가보신 적은 있으세요?

옛날에 손녀딸이랑.

할머니는 자기 손녀딸에 대한 이야기를 시작한다. 할머니의 손녀딸은 생물학 연구원이다. 그는 책과 영화를 좋아하고, 클래식 음악 공연을 즐기는 사람이다. 바둑은 좋아하지 않지만, 보드게임은 좋아하는 사람이다. 자신의 할머니가 다양한 문화생활을 즐길 수 있기를, 더 넓은 세계를 향유할 수 있기를 바라는 사람이다. 지금 할머니는 손녀딸을 그리워하고 있다.

직접 보러는 안 가세요?

보러 가기는. 서로 마음만 아프지.

마음이라. 나는 마음이란 단어가 어쩐지 생경하게 느껴진다. 죽은 사람의 마음은 어떻게 되는 걸까요? 그렇게 물으려다 만다.

그런데 너는 왜 안 떠나고 구천을 떠돌고 있냐. 뭐가 그리

억울해서.

왜 있긴요. 재밌으니까 있죠.

할머니는 내 답에 조금 쉰 목소리를 내며 웃는다. 할머니의 머리칼은 나보다도 새까맣게 물들어 있다. 이것 역시 손녀딸이 직접 염색해준 것이려나. 나는 할머니의 검은 머리칼 사이사이 새어 있는 흰머리를 본다. 할머니의 머리카락은 더 이상 새지 않을 것이다.

우리는 함께 걸어 낙원상가 뒷골목을 지나 허리우드 극장 앞에 도착한다. 할머니는 허리우드 극장 앞 매표소에서 안소니 만의 〈분노의 강〉 포스터를 가리킨다. 할머니는 제대로 발음하지 못하는 안소니 만의 영화를 좋아한다. 영화 시작까지는 30분가량이 남아 있다. 우리는 영화가 시작하기 전 낙원상가 뒷골목에 가 바둑을 구경하기로 한다. 할머니는 체크 모자를 쓴 노인을 응원한다. 아는 사람이냐 물으니 그런 건 아니라고 한다. 그냥 단순하게, 어떤 이유도 없이 누군가를 응원해보고 싶었다고 한다. 그러나 모자를 쓴 노인은 검은 셔츠를 입은 노인에게 패배하고, 할머니는 금세 흥미를 잃는다. 모자를 쓴 노인의 시계를 훔쳐본 뒤 할머니에게 곧 영화가 시작할 것이라 일러주자 할머니가 묻는다.

너는 이제 어디로 갈 거냐.

글쎄요.

할머니는 주머니에 들어 있던 자두 하나를 건네며 이렇게 말한다.

네가 재밌는 걸 해라.

김여름

재밌는 거. 내가 자두를 한 손에 든 채 그 말을 생각하고
있을 때 할머니는 유유히, 허리우드 극장을 향해 간다. 나는
투명해진 자두를 바라보다 그것을 한 입 베어 문다.

루는 히로세 유코가 시인과 같다고 했다. 사진작가 출신인
유코는 일본 영화가 가진 서사 문법에서 벗어나 시각
언어와 이미지에 집중했는데, 그 때문인지 유코의 작품은
종종 '실험영화'라는 이름으로 불리기도 했다. 그리고 여타
'실험적인' 영화들이 그렇듯, 관객들의 평가는 극명하게
갈렸다. 2005년 개봉한 유코의 첫 장편영화 〈아침과 세계〉는
한국에서 개봉한 뒤 포털 사이트 평점 2.3점을 기록하며
조용히 상영을 마쳤다. 그러나 이후 유명 영화 평론가들이

〈아침과 세계〉를 여러 번 언급하며 유코의 영화는 어느새
'예술적인' 영화로 분류되어 있었다. 그들은 미조구치 겐지의
롱테이크와 유코의 롱테이크가 지닌 유사성에 대해, 하마구치
류스케의 영화와 유코의 영화 속 인물들이 나누는 소통의
차이에 대해 이야기했고, 결론적으로는 유코의 영화가
저평가되는 것에 대해 안타까움을 표했다.

그리고 루 역시 〈아침과 세계〉를 보고 유코의 영화에
완전히 매료되었다고 했다. 루는 사진을 전공하고 있는
탓인지 영화를 감상할 때 서사보다 하나의 컷과 연출, 이미지
자체에 집중했다. 그 때문에 루와 나는 하나의 영화에 대해서
각각 다른 해석을 내놓곤 했다.

특히 유코가 와세다 대학교에서 졸업 작품으로 출품했던
단편영화 〈상실〉은 루가 가장 좋아하는 영화 중 하나였다.
〈상실〉 역시 서사라 할 만한 내용은 없었다. 대신 가족으로
보이는 두 여자가 설원을 걷는다. 그 두 사람은 같은 상실을
겪었으나 상실에 관해 이야기하지 않는다. 한낮의 설원,
쌓여 있는 눈 위로 발이 빠져가며 걷는 사람들, 발자국,
분절된 장면을 다시 붙인 듯 어색하게 이어지는 컷들. 대화는
없다. 그러나 이들을 비추는 빛은 있다. 이들은 빛을 받으며
걷는다. 이들이 사라지면, 발자국이 남은 설원의 풍경만이
머무른다. 그것이 영화의 전부였다. 우리는 눈이 내리던 날
좁은 방 안에서 〈상실〉을 보며 오래 이야기를 나누었다.
이제 그 대화에 대해서는 기억이 나지 않는다. 이게 도대체
무슨 내용이냐 따져 묻는 나의 모습을 제외하고는. 음, 이제

김여름

〈상실〉을 보려면 한국영상자료원으로 가야 하던가.

나는 한여름의 열차 안에서 겨울을 배경으로 한 영화에 대해 생각하고 있다. 오후 세 시. 애매한 시간대의 지하철은 애매하게 들어찬다. 더위에 붉어진 얼굴로 올라타는 승객들은 저마다의 목적지를 향해 간다. 그리고 나는 나의 재미를 찾아 가고 있다. 할머니의 허리우드 극장처럼. 영화도 볼 수 있고, 음악도 들을 수 있는 곳으로. 바둑은 없지만 그 외 모든 문화생활은 즐길 수 있는 곳으로.

역에서 내려 사람들을 따라 계단을 내려간 뒤 개찰구를 빠져나온다. 출구를 지나 10분가량을 걸으면 아파트 단지가 보이고, 그 앞 사거리에서 우측으로 돌면 예술대학 건물이 보인다. 예술대학 심벌이 새겨진 과 점퍼를 입은 학생들은 어딘가 피곤해 보이는 얼굴로 저마다의 방향을 따라 걷고 있다. 예술대 캠퍼스에는 꽤 많은 귀신이 뒤섞여 있다. 이미 예술대학은 귀신들에게 인기가 많은 장소다. 연극과 영화도 볼 수 있고, 글도 훔쳐 읽을 수 있으며, 심지어는 음악까지 들을 수 있다. 그러니 귀신들에게는 이곳이 문화센터인 셈이다.

나는 건물을 헤매다 거대한 스튜디오 안으로 들어선다. 이미 공연이 시작된 듯, 앳되어 보이는 한 배우가 무대 위에서 독백을 이어가고 있다. 무대 위에 놓인 것은 작은 나무 의자 하나가 전부다. 나는 빈자리에 앉아 그들의 공연을 가만히 지켜본다. 옆에 앉은 관객의 리플렛을 훔쳐보니, 이 공연은 학생들의 창작 수업에서 제작된 일인극이다.

Synopsis

지금 무대에서 당신에게 말을 거는 이는 며칠 전 덤프트럭
추돌 사고로 사망한 청년 '영'이다. 긴 시간을 거쳐 이뤄낸
취업부터 연애까지, 모든 일들이 순조롭게 풀리며 환한
날들을 맞이할 것만 같았던 '영'은 자신이 죽었다는 사실을
받아들이지 못한다. 그리고 생과 죽음을 비교하며 그 모순을
찾아 자신이 죽지 않았다는 사실을 증명하려 한다. 영이
존재하는 무대는 죽음, 관객이 위치하는 곳은 삶이다. '영'은
무대 위에서 당신에게 끊임없이 질문할 것이다. 생과 죽음이,
어떻게 다른가요? 당신은 영의 처절한 질문에 어떻게 대답할
수 있는가.

배우는 계속해서 외친다. 말 좀 해봐요. 이봐요. 사람이 말을
하면 대답을 해야죠. 그럼, 그쪽이 말해봐요. 이곳과 그곳이
어떻게 다른지요. 배우는 계속해서 묻지만, 무대를 벗어나지
못한다. 그 작은 무대를, 삶과 죽음의 경계를 넘지 못한다.
그러니 아무도 배우에게 대답하지 않는다. 그런데, 어느 쪽이
삶인가. 나는 지금 죽은 채로 객석에 앉아 있다. 어떤 삶은 죽은
것과 같고 어떤 죽음은 살아 있는 것과 같다. 그러니 아무도
대답할 수 없다. 나는 내 옆에 앉아 있는 관객에게 말을 건다.

　이봐요.

　그러나 아무도 대답하지 않는다.

　이봐요.

　아무도 대답할 수 없다.

　　　　　　　　　　　　　　　　　김여름

연극을 보고 나니 늦은 저녁이다. 나는 뒷문에서 담배를
피우는 학생들 사이에 함께 쭈그려 앉아 그들의 담배 연기로
공짜 흡연을 하고 있다. 더 이상 무엇도 느껴지지 않아 이것을
흡연이라 해야 할지 애매하다. 그렇다고 흡연이 아니라고
하기에도 애매하지……. 쓸데없는 생각을 하는 건 귀신이
되어서도 마찬가지다. 담배를 피우는 학생들이 지나가는
여자와 인사를 한다. 어디 가냐, 여자는 답 대신 몸을 돌려
등을 보여준다. 여자의 등에는 커다란 백팩이 들러붙어 있다.
수고해라. 여자는 가운뎃손가락을 치켜올리고 언덕을 걷는다.
나는 무리에서 빠져나와 여자와 함께 걷는다. 여자는 도서관
입구에서 모바일 학생증을 인식한 뒤 안으로 들어선다. 화면
안으로 조금 더 앳되어 보이는 여자의 학생증 사진이 보인다.
여자는 문예창작과 4학년 학생이다. 자리를 잡은 뒤 노트북의
전원 버튼을 누른 여자가 가방에서 녹일 작가의 소설 몇 권과
한국 시인의 시집 몇 권을 함께 꺼내놓는다. 여자는 한 시간
정도 책을 읽은 뒤, 나머지 시간에는 글을 쓴다. 여자가 읽는
책은 지루하다. 여자가 쓰는 글 역시 지루하다. 내가 연이어
하품을 하자 여자는 살짝 움츠러들더니 에어컨에서 먼 곳으로
자리를 옮긴다. 여자는 소설을 쓰다가 뭔가 잘 풀리지 않는
듯 테이블 위 엎드린다. 나는 슬슬 흥미를 잃을 것 같아서,
여자의 글을 평가해보기로 한다.
　　너무 루즈한데, 전반부의 속도를 조금 더 빠르게 할 수는

없을까요.

이 두 사람은 왜 서로를 떠나지 못하고 있나요? 떠나면 해결될 일 같은데요.

그러나 아무도 답하지 않는다. 여자의 모니터 위로 애꿎은 커서만 깜빡일 뿐이다. 여자는 고개를 들더니 메신저 앱을 켜 친구와 메시지를 나눈다. 여자는 졸업하고 아무도 자신의 글을 읽어주지 않을까 봐 두렵다는 내용을 입력했다가, 다시 지운다. 또 입력했다가, 다시 지운다. 그것을 몇 번 반복하다 결국에는 전송하지 못한다. 또 누군가의 내밀한 면을 훔쳐봐버렸군. 하지만 어쩔 수 없는 일이다. 귀신이라는 건 원래 훔쳐보는 존재니까. 나는 이쯤 되자 조금 뻔뻔해지기로 한다. 대신 여자의 첫 번째 독자가 되어주겠노라 결심한다. 이미 죽은 마당에 죄의식을 덜고 싶은 건 아니었다. 그렇다고 전생에 대해 회개를 하고 싶은 것도 아니었고. 여자의 노트북 배경 화면이 히로세 유코의 초기 작업물 중 하나였기 때문은…… 더더욱 아니다. 쓰는 것이 이 여자의 삶이었으므로. 쓰는 자에게는 필연적으로 읽는 자가 필요했으므로. 할머니가 체크 모자 노인을 응원했던 것처럼, 나 역시 이 여자를, 어떤 삶을 응원해보고 싶었을 뿐이다. 누군가의 삶을 응원한다는 것은 어쩐지 인간만이 할 수 있는 것처럼 느껴지니까. 인간을 제외한 존재는 할 수 없는 것처럼 여겨지는 것이 궁금했으니까.

그러나 여자는 점점 글쓰기에 권태로워진다. 히터 바람을 맞으며 꾸벅 졸거나, 중간중간 유튜브에 '고양이 영상'이나

김여름

'다람쥐 영상'을 검색해보며 열렬히 딴짓을 한다. 나는 그럴 때마다 여자의 뺨이나 귀에 바람을 분다. 그것도 안 통하기 시작할 때쯤에는 공중에 떠다니는 먼지를 쥐고 그녀의 코를 간지럽힌다. 여자는 몇 번이나 재채기를 하며 독감이 유행한다는 기사를 찾아 읽는다. 그리고 이내, 소설을 이어간다.

밤 열두 시, 가장 끝에 있는 전등부터 불이 꺼지기 시작하고, 모든 불빛이 소멸하면 도서관의 문이 닫힌다. 여자는 소설의 마지막 문장을 마친 뒤 도서관을 빠져나온다. 여자는 자신의 초고가 마음에 들지 않는다. 여자는 연인에 관한 소설을 쓰고 있다. 다시 말하지만, 여자의 소설은 평이하고 지루하다. 소설에는 이렇다 할 사건이 없다. 두 인물은 자신의 삶을 어떻게든 회복해보려, 그리고 서로의 삶을 회복시키려 노력할 뿐이다. 소설은 여자의 자전적인 이야기로 보인다. 여자는 소설을 쓰는 동안 자주 재채기를 했고, 가끔은 몰래 울었다. 여자는 이 소설을 아직 완성하지 못했다. 그러나 여자는 이 소설을 끝내 완성할 것이다. 여자는 도서관을 나와 어디론가 걷는다. 나는 멀어져가는 여자의 뒷모습을 지켜보며, 익숙한 얼굴을 떠올린다.

이제 지하철 첫차까지는 약 한 시간 정도가 남아 있다. 귀신이 초능력자는 아니므로 멀리 이동할 때는 대중교통을 이용해야 한다. 귀신이 뭐 이런가, 싶지만 어쩔 수 없는 일이니 그냥 받아들이기로 한다. 새벽에는 유일하게 개방된 연습실 건물과

미술학부 작업실에 나타나 학생들을 놀래며 시간을 보냈다. 나는 어쩐지 귀신이 되고부터 짓궂은 행동을 하는 것이 즐겁고, 그럴 때마다 자유로움을 느낀다.

　해가 뜨는 것을 지켜보다 슬슬 몸을 일으킨다. 미술학부 옥상에 놓인 벤치는 귀신이 잠시 쉬어 가기에 딱 좋은 장소다. 귀신 커뮤니티 같은 게 있었으면 이 사실을 귀신들에게 알려주었을 텐데. 또다시 쓸데없는 생각을 하며 닫힌 문을 통과해 아래로 걷는다. 계단참에 딸린 창으로 고요한 새벽의 빛이 새어 들어오고 있다. 그리고 2층에 다다랐을 무렵, 계단 벽을 채우고 있는 사진들이 눈에 띈다. 파인아트부터 다큐멘터리 사진까지. 짧은 간격을 두고 액자에 걸린 사진들 사이사이에는 각기 작품 캡션이 붙어 있다. 이 사진들은 예술대 사진과 학생들의 과제전이다. 나는 가로로 길게 늘어져 있는 사진들을 보며, 한 발짝씩 내디딘다. 그리고 마침내 모든 층을 내려왔을 때. 하나의 사진 앞에서 우뚝 멈춰 선다. 루의 사진. 루의 사진이 이곳에 있다. 그리고 이 시선의 안과 바깥에는, 언제나 내가 있다. 이제 영정사진이 되어버린 사진 앞에서 나는 결국 웃음을 터뜨리고 만다.

　루는 풍경 사진 만큼이나 인물 사진을 좋아했다. 언젠가는 작업실에 천을 달고 있는 루를 보며 왜 인물 사진을 찍느냐고 물은 적이 있었다. 그러자 루는 사람의 삶을 증명할 수 있는 것은 기억과 카메라라고 했다. 자신의 카메라를 통해 누군가의 삶을 증명해 보이는 작업이 즐겁다고 했다. 존재하는 것에, 또는 존재했던 것에 관한 이야기를 하고 싶다고 했다.

김여름

그건 곧 나를 증명하는 것이기도 하니까.

루에게는 그것이 예술을, 그리고 사진을 하는 이유라고
했다. 루는 나와 만나는 5년간 셀 수도 없이 나를 카메라에
담았다. 나는 루가 담은 내 모습이 좋았다. 평생 사진을
찍히는 것을 싫어했으면서도, 어쩐지 루와 루의 카메라
앞에서만큼은 그랬다. 함께 루의 집에서 〈상실〉을 봤던 날,
그러니까 그 영화의 어떤 장면처럼 눈이 쏟아지던 날에 루는
평소처럼 자신의 작업실에 나를 앉혀두고 사진을 찍었다.
나는 그날따라 내 얼굴이 마음에 들지 않아 이리저리 얼굴을
다듬어달라 요구했는데, 루는 이 정도면 네가 아닌 다른 사람
같다고 했다. 물론 나는 언제나 내가 아닌 다른 사람이고
싶었다. 나를 받아들이는 일은 생각보다도 어려운 일이었다.
나는 그것에 평생을 할애했지. 결국 실패하고 말았으나…….
어찌 됐든 루와의 시간. 귀신이 되어 그 시간을 떠올려본다.
다시, 루의 사진을 통해서. 루의 사진은 내가 살아 있었음을
증명한다. 우리를 증명한다. 창틀 너머의 빛이 점차
선명해진다. 나는 루의 사진을 보며, 내가 어쩌면 아직 삶에
미련이 있을지도 모른다는 생각을 하고 있다.

루와 나는 이런 방식으로 재회한다. 귀신과 인간으로. 죽은
자와 산 자로.

루는 혼자 극장에 왔다. 히로세 유코의 영화를 보기 위해.

나는 활자나 영상이 아닌, 루를 훔쳐보고 있다. 모바일
예매권과 티켓을 교환한 루는 계단을 올라 상영관으로
향한다. 극장 앞에는 히로세 유코의 영화 포스터가
큼지막하게 걸려 있다. 영화 제목은 원제를 따라 그대로
번역되었다. 未完成の散步. 미완성 산책. 루는 〈미완성
산책〉의 포스터를 가만히 지켜보다 영화 팸플릿을 챙긴 뒤
극장 안으로 들어선다. 아직 영화가 시작하기까지는 10여
분이 남아 있다. 루는 언제나 우리가 함께 앉았던 우측 좌석에
앉는다. 그럼 나는 자연스레 루의 옆 좌석에 앉는다. 그러나
루는 내가 자신의 옆에 앉아 있다는 것을 알아채지 못한다.

　너, 내 장례는 보러 오지 않았으면서 영화는 보러 왔구나.

　루에게 말하지만 루는 대답하지 못한다. 이런 짓을 하지
않기로 했는데. 어떻게 5년이나 사귄 애인의 장례에 오지
않을 수 있니. 나는 그렇게 말하며 루의 어깨에 올라타 목을
조른다. 루는 작게 기침을 하다가 만다. 이것으로는 성에
차지 않아 그의 각막에 바람을 불거나, 팔에 힘껏 주먹질을
한다. 그러나 인간이 아닌 존재는 이 세계에 어떤 흠집도 내지
못한다. 루는 팔이 조금 저리다는 듯 갸우뚱하며 스트레칭을
할 뿐이다. 곧 관객들이 하나둘 극장 안으로 입장하고, 모든
빛이 소멸하면 정시에 맞추어 영화가 시작된다.

　히로세 유코의 인물들은 언제나 걷는다. 목적지를 정해두지
않은 채로. 〈미완성 산책〉 역시 마찬가지다. 오프닝 시퀀스,
남자는 혼자 밤의 거리를 걷는다. 남자가 사라지면, 거리의
풍경만이 남는다. 작은 바람에 나뭇잎들이 흔들린다. 타이틀

　　　　　　　　　　　　　　　김여름

인, 未完成の散歩. 미완성 산책.

영화는 전반부까지 롱테이크를 사용한다. 어떤 대사도 없이 한 연인이 낮과 밤, 다섯 개의 장소를 걷는 뒷모습만 보여줄 뿐이다. 컷들은 여느 히로세 유코의 영화들처럼 비선형으로 이어 붙여져 있다. 연인들이 사라진 뒤에도 모든 풍경은 지속된다. 대사도 없이 밤낮으로 걷기만 하는 영화. 나는 여전히 유코의 영화를 완벽히 이해하지 못하지만, 완전히 이해하지 못하기에 아름다운 것들도 있다. 그렇게 영화의 후반부가 되어서야 새로운 인물이 등장한다. 이 인물은 연인의 대학교 동창이다. 동창은 어딘가 불편해 보이는 연인을 붙잡고 계속해서 대화를 이어나간다. 그리고 비로소 그들의 이름과 배경이 드러난다. 슌, 그리고 마오. 두 사람은 대학교에서 만난 캠퍼스 커플로, 졸업한 뒤 결혼을 약속한 사이다. 그러나 마오는 죽었다. 영화 내에서 죽음의 사유는 정확히 밝혀지지 않는다. 동창의 대사를 보면 슌은 마오의 죽음을 끝내 부정하며 장례식에도 참석하지 않은 듯 보인다. 동창과 짧은 만남이 끝나면, 두 사람은 함께 걷던 거리를 계속해서 걷는다. 어디로 가야 하는지 모르는 채로. 사실 그것은 중요하지 않은 것처럼. 모든 산책은 완성될 수 없으므로. 같은 장면들이 반복되며 오프닝 시퀀스의 장면이 이어진다. 그러나 그곳에는 마오가 없다. 사실 영화 내내 함께 걸었던 마오는 슌의 환영이었음이 드러난다. 슌은 현실이 아닌 환영을 믿으며 삶을 지속한다.

마지막 시퀀스, 슌은 마오와 함께 걸었던 바닷가를 걷는다.

날씨는 이상하리만치 맑다. 두 사람은 대화도 없이 한참을
걷는다. 영화의 사운드는 오직 파도 소리로 채워져 있다. 다시
어색하게 컷이 전환되면, 모래사장에 앉아 있는 두 사람이
보인다. 마오는 영화에서 처음이자 마지막으로, 슌에게 말을
건다.

　- 너만큼은 내 선택을 비웃지 않을 거지?

　파도 소리, 흩날리는 슌과 마오의 머리카락. 먼 곳에서
들리는 아이들의 웃음소리. 슌은 작게 고개를 끄덕인다.
슌이 멍하니 앉아 있는 사이, 화면 안으로 아이들의 공이
굴러 들어온다. 슌은 아이들에게 공을 건네기 위해 자리에서
일어나고, 텅 비어 있는 모래사장만이 화면에 들어찬다. 바깥의
사운드는 계속해서 화면 안으로 넘어온다. 이윽고 바다로
걸어 들어가는 슌의 뒷모습. 슌은 계속해서 걷는다. 수평선을
향해. 혹은 그 너머를 향해. 슌이 가라앉은 뒤 바다의 풍경만이
남는다. 여전히 고요하고 아무 일도 없었다는 듯 아름다운.
파도 소리가 지속되며, 바다의 풍경 위로 크레딧이 겹친다.

극장의 조명이 하나둘 켜지면 조금씩 자세를 고쳐 앉는
관객들이 보인다. 몇몇 관객은 금방 잠에서 깼는지 어깨를
움찔거린다. 나는 정면을 응시하며, 어제 봤던 연극과 여자의
소설을 떠올린다. 자신의 방식으로 삶을 회복하려 애썼을
마오, 사랑하는 이의 죽음을 부정하던 슌. 모든 예술은 어떤
방향으로든 닮아 있는 걸까. 기존의 히로세 유코 영화와
비슷하면서 다른 느낌인데, 그건 또 그것대로 좋네. 나는

　　　　　　　　　　　　　　김여름

영화가 끝나면 루와 그런 대화를 나누고 싶어진다. 루는
지금 어떤 표정을 하고 있을까. 어떤 얼굴로, 어떤 생각을
하며 이 영화를 감상했을까. 나는 사실 이 영화를 보는 내내
우리를 생각했다. 루와 나의 시간을 떠올렸다. 천천히 고개를
돌려 옆자리를 바라본다. 그러나 비어 있는 시트만이 눈에
들어온다. 루는 사라졌다. 루는, 지금 이 자리에 없다.

비가 내리고 있다. 죽기 전에도, 죽은 뒤에도 일기 예보를
보지 않는 것은 마찬가지다. 사거리 방향으로 우산을 쓰고
걸어가는 루의 뒷모습이 보인다. 루는 언제나 우산을
챙겨 다니는 사람이었고, 나는 우산을 챙겨 다니지 않는
사람이었다. 스크린 속 마오가 슌에게 너만큼은 내 선택을
비웃지 않을 거지, 하고 물어볼 때. 난 루에게 묻고 싶었다.
너만큼은, 내 선택을 비웃지 않을 거지? 너만큼은, 이제

과거가 되어버린 내 삶을, 함부로 예찬하지 않을 거지?
그러니까, 너만큼은…… 그럼 루는 어떻게 대답했을까. 금세
루를 따라잡아 그의 우산 안으로 들어간다. 루의 어깨가
조금씩 젖어들고 있다. 나는 몸을 통과하는 빗방울을 보며,
그에게 이제 무엇도 물을 수 없음을 실감한다. 허공을 보며
걷고 있는 루. 나는 그의 표정을 보며 알 수 있었다. 루가 지금
깊은 슬픔에 잠겨 있음을.

　루는 우산과 함께 걷는다. 정동공원을 지나 덕수궁까지
걷는다. 덕수궁에서 서울시립미술관까지 걷는다. 시청역을
지나쳐서, 계속 걷는다. 어디로 가는지 모르는 채로. 루는 잠시
횡단보도 앞에서 멈춰 선다. 투명한 우산 위로 빗방울이 분명한
소리를 내며 내려앉는다. 신호가 바뀌면 기계음이 울린다.
그러나 루는 횡단보도를 건너지 않는다. 30, 29, 28……
신호등의 숫자가 점점 줄어들고 있다. 루는 모두가 횡단보도를
건넌 뒤에야 천천히 몸을 돌려 왔던 길을 되돌아간다. 나는
루에게 물을 수 없으니 그저 그를 따라갈 뿐이다.

　루는 되돌아가는 사이사이 가방에 들어 있던 필름 카메라를
꺼내 거리를 찍는다. 서울시립미술관 앞, 덕수궁길, 국숫집이
있는 골목. 모두 나와 루가 함께 걸었던 공간들이다. 나는
어렴풋이 루의 의도를 짐작한다. 우리는 자주 이곳에 왔다.
씨네큐브나 서울아트시네마에서 영화를 본 뒤에는 영화에
대한 감상을 나누며 덕수궁길을 걸었다. 종종 다른 예술을
향유하고 싶을 때는 덕수궁에 있는 국립현대미술관이나
서울시립미술관에 갔다. 저녁에는 국숫집이나 일식집을

　　　　　　　　　　　　　　　김여름

찾아 다녔는데, 내가 국물 요리를 좋아하는 탓에 대부분은 국숫집에 갔다. 배부르게 식사를 마친 뒤에는 다시 정동공원을 산책했다. 하루만 지나도 뚜렷하게 기억나지 않는 대화를 나누면서. 그런 대화를 나누고 웃으면서. 순간과 영원을 착각하면서. 그 혼란을 만끽하면서.

루와 나는 여전히 같은 길을 걷고 있다. 루의 시선에는 아직 내가 있을까. 환영이 되어버린 마오처럼. 루에게 영적인 기운이 있었으면 좋았을 텐데. 그러나 내게 순간이동 능력이 없듯, 루에게는 귀신을 보는 능력이 없다. 루는 귀신을 믿지 않는 사람에 가까웠지. 그렇다면, 내가 너의 곁에 머물렀다는 사실도 영영 알지 못할까. 이제 나의 존재는 어떻게 증명할 수 있을까. 루는 미술관 맞은편에 있는 대성당 앞에서 발걸음을 멈춘다. 나의 장례미사가 치러지던 곳이다. 빗줄기가 점점 거세지고 있다. 로마네스크 양식으로 지어진 건물은 영영 무너지지 않을 것처럼 서 있고, 루는 영화를 보는 사람처럼 가만히 그 풍경을 응시한다.

루는 성당 앞에서 다시금 가방에서 필름 카메라를 꺼낸다. 루는 뷰파인더로 비가 오는 성당 앞을, 그 풍경을 가만히 바라보다 셔터를 누른다. 나는 시선의 바깥에서 그것을 지켜보다, 루가 한쪽 손에 들고 있는 우산을 밀어 바닥에 떨어뜨린다. 우산은 손쉽게 루의 손에서 미끄러진다. 루는 뷰파인더에 불쑥 끼어든 우산을 잠시 바라보지만, 사진 찍기를 멈추지 않는다. 비에 젖어가는 루. 나는 그 모습을 보며 떨어진 우산 뒤에 선다. 루는 플래시를 조절한 뒤 소리를

내지 않고 입 모양으로 카운트를 센다. 사진을 찍을 때
카운트를 세는 것은 루의 오랜 습관이므로.

하나.

나는 루의 카메라 앞에서 어정쩡한 자세로 서서 브이를
할까, 하다가 팔을 내려놓는다. 편하게 긴장 풀고 웃어.
그렇게 말하던 루의 목소리를 상상한다.

둘.

루는 비가 시야를 가리는지 눈을 게슴츠레 뜨고 있다.
나는 그의 속눈썹에 매달린 빗방울을 본다. 이 세계의 모든
것은 존재의 증명. 나는 그 아슬아슬하게 매달려 있는
빗방울을 지켜보며 어색한 미소를 지어 보인다. 나는 이제야
편안함을 느낄 수 있게 되었어. 웃을 수 있게 되었다. 네가
이런 이야기를 들었으면 지금의 표정과는 조금 달랐을까.
나는 아직 여기에 있다. 그러나 나의 목소리는 빗방울과 함께
힘없이 바닥으로 낙하한다.

셋.

루가 지체 없이 셔터를 누른다. 카메라에서 순간적으로
뻗어 나온 빛이 몸을 통과한다. 셔터 소리가 멎으면, 루가
천천히 카메라를 내린다. 나는 루와 시선을 맞추고, 그럼
우리는 꼭 마주 보는 것처럼 보인다. 여전히 비는 쏟아지고
있다. 먼 곳에서 미사를 알리는 종소리가 울린다. 그럼 나는
비로소, 완전히.

투명해진다.

김여름

작가 노트

나와 내 삶을 분리하고 싶을 때 산책을 한다. 무작정 집을 나와 걷고, 마음껏 배회한다. 지나치는 풍경은 내 마음과 달리 너무 고요해서, 내가 이 세계와 유리된 사람처럼 느껴질 때가 있다. 마치 스크린 바깥의 관객처럼. 그러나 산책을 마치고 되돌아오는 길에는 나 역시 이 풍경의 일부라는 것을, 멀고 가까운 시간과 화해해야 한다는 것을 인정하고 만다.

그런 점에서 산책과 예술은 닮아 있는 것 같다. 산책을 나설 때의 마음과 되돌아올 때의 마음이 다른 것처럼, 하나의 작품에서 빠져나올 때마다 풍경은 새롭게 인식된다. 때때로 무언가를 두고 온 것 같다는 기분이 들기도 한다. 잃어버렸지만 동시에 가벼워질 수 있다는 것. 그 자리에는 한 줌의 빛만이 남아 있을 것이다. 존재와 빛은 늘 함께하므로.

이 소설은 그 빛을 통과하며 걷거나 머무르는 이에 대한 이야기다. 투명한 걸음을 함께해주심에 감사드린다.

블러링

라유경

언니의 몸이 기억나지 않는다. 우리는 함께 찍은 사진이
없었다. 내가 찍은 언니의 사진도. 나는 언니와 나누었던
대화를 더듬어 언니가 자주 갔다던 분식집을 인터넷으로
검색했다. 가게 로드뷰를 눌러보았다. 혹시나 언니가 찍혀
있을까 봐. 화면을 눌러 가게 주변을 보았다. 몇몇 사람들이
화면 속에 있기는 했으나 언니로 추정되는 사람은 없었다.
횡단보도에서 신호를 기다리는 할머니, 흡연 구역에서 담배를
피우는 중년 남성, 교복 입은 고등학생이 가게 앞을 지나치고
있을 뿐이었다. 얼굴이 뿌옇게 블러링 처리되어 있어도
언니가 아니라는 사실 정도는 알 수 있었다.

　식당 정보에 딸린 리뷰를 보았다. 언니가 썼을 법한 글을
찾아보았다. 언니 말투가 어땠더라……. 100개가 넘는 리뷰
가운데 언니의 것으로 추측되는 글이 눈에 띄었다.

　혼밥하기 편하고 좋아요. 사장님이 친절하고, 맛있는
김밥만큼 시원한 물마저 맛있습니다. 자주 갈게요.

　언니는 그곳이 혼밥하기 편하다고 했지. 물이 특히
맛있다면서. 나는 물맛이 다 똑같지 않냐고 말하고는 웃었다.
그 일을 겪은 후 식당을 일부러 찾아가 본 적이 있다. 언니의
흔적을 찾을 수 있을까 해서. 그러나 그런 일은 일어나지 않았다.
친절하다는 사장은 보이지 않았고, 가게 입구에 키오스크만
덩그러니 놓여 있을 뿐이었다. 셀프로 음식을 가져와 혼자
음식을 떠먹는 손님들 얼굴은 제대로 보기 힘들었다.
정수기에서 받아 마신 물은 시원하지도 맛있지도 않았다.

블러링　　　　　　　　　　　　　　　　　　　　　　31

썩지 않는 액체를 보살피는 중이다. 스테인리스 재질의
텀블러에 담아 냉장고 깊숙한 곳에 넣어두었다. 온도가 자주
변하는 냉장고 앞쪽보다 뒤쪽이 액체를 더 건강하게 보존할
수 있었다. 액체는 투명하고, 맑았다. 언뜻 보면 생수처럼
보였다.

일 년에 하루, 언니 생일날이 오면 텀블러를 꺼내어
생일상을 마련했다. 언니가 좋아했던 복숭아, 그릭 요거트,
아몬드를 상에 놓아두고 안부를 물었다.

언니, 잘 있어? 답답하지는 않고?

오늘은 언니가 육체로 살아 있었다면 마흔 살이 되는
날이었다. 3년 동안 꼬박꼬박 치러준 생일상은 오늘이
마지막이 될 터였다. 특별히 언니와 마지막으로 함께 먹었던
떡볶이를 올려놓았다. 매운 떡볶이 향이 코끝을 간질였다.
액체인 상태여도 향은 느낄 수 있지 않을까. 떡볶이 접시를
텀블러에 더 가까이 옮겨놓았다.

이렇게나 아끼던 액체를 버리기로 한 것은 어쩔 수 없는
선택이었다. 다음 달 이민을 앞두고 내린 결정이었다. 액체를
들고 비행기를 탈 수는 없는 노릇이니까. 액체류는 기내
반입 금지이고, 만약 가지고 가야 한다면 캐리어에 넣어서
미리 부쳐야 했다. 그러나 열 시간이 넘는 비행 동안 온도를
유지하기란 불가능한 일이었다.

액체를 하루 넘게 상온에 두었던 적이 딱 한 번 있었다.
나는 내 생일을 맞아 텀블러를 종일 들고 다니면서 여행했다.
언니랑 같이 가자고 약속해놓고 가지 못했던 강릉으로

라유경

당일치기 휴가를 떠났다. 텀블러와 사진을 찍고, 바다를
보고, 기차를 타면서 꼭 언니가 옆에 있는 것처럼 떠들었다.
내가 살던 동네를 떠나 이렇게 여행하는 것이 처음이라고.
이런 자유를 이제야 누려본다고. 기차 여행이 이렇게 좋은지
몰랐다는 내게 텀블러 속 액체는 변함없는 고요함으로
맞장구를 쳐주는 듯했다.

　그날 집에 돌아와 피곤한 탓에 텀블러를 식탁에 놓아둔
채 잠이 들었다. 다음날 액체는 고체화되듯 물컹물컹해져
있었다. 어린이들이 가지고 노는 슬라임처럼. 깜짝 놀란 나는
재빨리 텀블러를 냉장고에 다시 넣어두었다. 기르던 동물의
죽음을 목격한 것처럼 안절부절못한 채 하루를 흘려보냈다.
다행히도 다음 날 텀블러 속 액체는 다시 예전처럼 투명하고
맑은 생수 같은 상태로 돌아왔다.

　이런 경험이 있기에 액체를 캐리어에 넣고 가져간다는
건 액체를 죽이는 거나 마찬가지라는 사실을 알고 있었다.
그렇다고 액체를 대신 보살펴줄 사람은 없었다. 그러니
결국은 버려야만 했다. 끝을 받아들여야 하는 날이 온 것이다.

　그런데 어디에 버려야 하나? 화장실 하수구? 아파트 앞
화단? 안양천? 한강? 여러 후보군이 떠올랐지만 마땅치
않았다. 액체의 성분이 무엇인지 알 수 없었기에 잘못
버렸다가 누군가에게 큰 화를 입히는 건 아닐까 하는 우려가
들었다. 그렇지만 버려야 했다. 눈 딱 감고, 원래 없었던
것처럼. 아무 일도 일어나지 않았던 것처럼.

　나는 냉장고에서 텀블러를 꺼내 뚜껑을 열었다. 그리고

블러링

액체에게 속삭였다.

　언니, 이제는 언니를 보내줄 때가 온 것 같아.

옆자리에 앉아 있던 언니가 녹았다. 촛농이 불에 녹듯 앉아
있는 자세 그대로 액체로 녹아 원목 의자에 흘러내렸다. 나는
저 액체를 바닥에 떨어지도록 놓아두면 안 된다는 생각에
재빨리 몸을 움직였다. 모니터 앞에 놓여 있던 텀블러를 손에
쥐고 의자 밑에 놓았다. 몇 방울 바닥으로 떨어지던 액체가
텀블러에 담기기 시작했다.

　주르륵. 주르르륵.

　이유는 모르겠으나 순간 언니가 엉엉 울던 때가 떠올랐다.
점심시간에 잠시 놀이터 벤치에 앉아 커피를 마시고 있을
때였다. 우리는 멍하니 놀이터 풍경을 바라보고 있을
뿐이었다. '침묵 속에서도 이렇게 마음 편한 관계가 있을
수 있구나'라고 생각하며 흡족한 마음으로 커피를 한 모금
마셨는데, 갑자기 흐느끼는 소리가 들렸다. 고개를 돌려보니
언니가 울고 있었다. 흐느낌은 점점 서럽게 우는 소리로
거세졌고, 놀이터에서 노는 아이들의 웃음소리를 덮을
정도로 커졌다. 언니가 너무 많이 울었기 때문일까. 언니의
울음소리를 가만히 듣고 있던 나는 아이들이 물에 휩쓸려가는
장면을 상상했다. 눈물이 범람해 아이들이 물속으로 사라지는
상상. 갑자기 두려운 마음이 일었던 나는 아무 말 없이 언니를

　　　　　　　　　　　　　　　라유경

끌어안고 한참을 가만히 있었다. 그러다 순식간에 아이들의 웃음소리가 멈췄다. 놀이터 쪽을 보았을 때는 아이들이 모두 사라져 있었다. 아이들은 어디로 간 것일까. 어린이집으로 갔을까. 집으로 갔을까. 언니는 왜 울었는지 이유를 얘기하지 않았고, 나도 굳이 물어보지 않았다. 그저 언니를 다독이면서 다시 공유 오피스로 들어갔고, 우리는 아무 일 없었다는 듯 평소처럼 일하기 시작했다. 언니는 유난히 눈물이 적은 사람이었다. 슬픈 영화를 보고 나서도 무덤덤한 언니였는데. 언니의 낯선 모습을 보면서 나는 우리가 한층 더 가까워졌다고 느꼈다.

주르륵 흘러내리는 액체는 수도꼭지에서 흘러나오는 물처럼 텀블러 안으로 들어갔다. 10초 정도가 지났을 즈음 떨어지던 액체가 멈추었다. 의자를 보니 더 이상 액체가 남아 있지 않았다. 텀블러를 확인해보니 절반 정도의 양이 차 있었다. 마침 텀블러가 비어 있어 다행이었다는 생각과 함께 한 사람이 녹아내린 양이 이 정도밖에 되지 않는다는 사실에 허무함이 밀려왔다.

언니와 내가 작년 여름 함께 구입한 텀블러였다. 점심시간에 자주 같이 들르던 카페에서 제작한 스테인리스 재질에 벤티 사이즈인 파란색 텀블러. 우리는 여기에 맥주를 넣어 마시면서 일하기도 했다. 음주 근무도 할 맛 난다면서 낄낄거리던 언니 웃음소리가 바로 옆에서 들리는 듯했다.

10분 전까지만 해도 바로 옆에 앉아 시시콜콜한 이야기를 나눈 언니인데……. 스쳐 지나가듯 뉴스에서 봤던 일이 내

블러링   35

옆에서 일어날 거라고는 조금도 예측하지 못했다.

사람이 순식간에 녹는 현상은 언니에게 그 일이 벌어진
날로부터 1년 전 처음 일어났다. 이상 기온이 한 달 넘게
지속되어 섭씨 40도까지 육박하던 여름날, 서울 강남
거리를 걷던 사람이 순식간에 녹아내렸다. 머리끝부터 얼굴,
몸통, 다리, 발까지. 녹는 데에는 1분도 채 걸리지 않았다고
한다. 녹은 사람의 육체는 맑은 액체 형태로 남았다. 뉴스
기사의 인터뷰에 따르면 이 광경을 목격한 주변 사람들은
거리에서 벌이는 기업 마케팅 이벤트인 줄 착각했다고 한다.
현실임을 인지했을 때는 경찰에 신고한 뒤 재빨리 현장에서
도망쳤다고. 경찰에서 액체를 채취해 국립과학수사연구원에
분석을 맡겼다고 했다. 그 이후에는 성분을 분석 중이라는
기사만 나올 뿐이었다.

사람이 액체로 녹는 장면은 CCTV에 찍혀 유튜브를 통해
전 세계로 퍼져나갔다. 유튜브에 올라오는 정보에 따르면 이
현상은 한국에서만 벌어진 모양이었다. 동물이나 식물에게는
이런 증상이 보이지 않았다. 오로지 인간뿐이었다. 코로나
이후 통제하지 못할 팬데믹이 도래한 것이라는 우려와 공포를
표현하는 댓글이 다수 달려 있었다. 사람들은 지구가 종말할
거라느니, 이민 가야겠다느니 여러 반응을 보였으나 처음
일이 벌어진 이후 얼마 되지 않아 놀랍도록 조용해졌다. 그런
일이 일어났던 것조차 잊은 듯했다.

댓글을 더 읽어보는데, 인간이 녹는 현상이 외로움의 농도

때문이라고 주장한 글이 눈에 띄었다. 어처구니없게도 이 댓글이 '좋아요' 수가 가장 많았다. 액체로 변한 사람들의 공통점이 혼자 산다는 점, 친족과는 사별하거나 연락이 끊긴 무연고라는 점이 이유였다. 고독사의 새로운 형태라는 주장이었다. 터무니없는 주장이었으나 문득 불안해졌다. 나도 혼자였기 때문이다. 그러나 혼자라고 해서, 가족이나 친척이 없다고 해서 외로울 것이라 짐작하는 건 혼자 자라는 식물이라고 해서 햇빛을 볼 줄 모른다고 짐작하는 것처럼 말도 안 되는 주장 아닌가.

내가 알기로 언니 또한 혼자였다. 어릴 때 부모님이 이혼한 뒤 줄곧 할머니와 살았다고 했다. 그러다 몇 년 전 할머니와 사별했고, 언니 오빠나 동생은 없다고 했다. 그러니까 언니의 마지막을 함께할 가족이나 친척이 없다는 이야기였다. 애인이 없는 언니에게 최근 가장 가까운 사이는 나뿐이었다. 나도 언니뿐이었듯.

동네 코인 세탁소에서 만난 우리는 공유 오피스에서 같이 일하는 동료가 되었다. 그러다 주말을 함께 지내는 사이가 됐고, 크리스마스와 명절까지 함께하는 사이가 됐다. 친밀해진 과정은 매우 자연스러웠다. 취향과 성향이 놀라울 정도로 잘 맞았다. 운전을 좋아하지 않는다는 것, 추리소설을 좋아한다는 것, 커피는 라테만 마신다는 것, 심야 라디오 방송을 즐겨 듣고, 뮤지션은 엘리엇 스미스를 가장 좋아하는 것, 킹스 오브 컨비니언스 음악을 들으며 베르겐 여행을 계획한 적이 있는 것. 비영리 사회단체에서

상근 활동가로 일한 적이 있다는 것 등. 나에게는 하나하나
소중한 취향이었다. 똑같은 옷만 입고, 주어진 음식만
먹으면서 좋아하는 게 무엇인지조차 알지 못했던 유년기를
지나 성인이 된 후 겨우 쌓은 취향이었으니까. 그런 취향을
공유할 수 있어 기적 같았다. 언니는 나와 닮은 사람도
있다는 걸 확인시켜주는 사람이었다. 우리는 바라보는 시선이
같았고, 같은 지점에서 웃고 같은 지점에서 분노했다. 자석의
인력처럼 짧은 시간에 가까워졌다.

공유 오피스에 앉아 있는 다른 사람들은 언니가 액체로
변하는 광경을 보지 못한 듯했다. 각자 노트북에 시선을
고정하고 일하기 바빴다. 유일한 목격자는 나뿐이었다.

서둘러 인터넷으로 액체로 변한 사람의 사례에 관해
검색했다. 사람이 죽으면 장례 절차가 있는데, 액체가 되었을
때는 어떤 절차를 밟아야 하는지 아무도 알려주지 않았다.
인터넷 커뮤니티에 근거 없는 정보들만 돌아다닐 뿐이었다.

빗물에 쓸려 내려갔어요.

비둘기가 날아와 목을 축이던데요.

옆에 쌓여 있던 나뭇잎으로 덮어주었어요.

온통 현실감 없는 글뿐이었다. 처음 이런 일이 일어나
주목받은 이후로는 액체가 방치되는 느낌이 들었다. 그나마
고인을 위한 행위로는 바닥에 흩뿌려진 액체에 무언가를
덮어주었다는 것이었다. 길거리를 걷다가 우연히 지나친
옆 사람에게 벌어진 일이 대부분이었다. 나처럼 곁에 있는
친구에게 일이 벌어진 경우는 아직 없는 모양이었다.

라유경

이 액체를 어떻게 해야 할지 몰라 당황했지만 우선
텀블러에 담았다는 사실에 안도감이 느껴졌다. 언니를 완전히
잃은 것은 아니었으니까. 찾아보면 언니를 다시 되돌릴
방법이 있을지도 몰랐다.

언니, 걱정 마. 언니는 혼자가 아니야.

나는 우선 마음을 진정시키고 자리에 앉았다. 액체가
담긴 텀블러를 마우스 옆에 세워두고 멈추었던 일을 다시
시작했다. 그러나 도무지 일에 집중할 수 없었다. 손이 덜덜
떨렸다. 떨림은 반복되면서 멈추지 않았다. 갑자기 갈증이
심하게 밀려왔다. 정수기에서 물을 떠 마시려고 자리에서
일어난 순간 깨달았다. 이곳에 일회용 종이컵이 없다는
것을. 공유 오피스의 이용 수칙이었다. 일회용품 사용 금지.
늘 텀블러에 정수기 물을 받아 마시고는 했는데, 지금은
이 텀블러를 사용할 수 없었다. 시원한 물을 들이켜고
싶었으나, 그럴 수 없는 상황이었다. 맞은편에 앉은 사람에게
텀블러를 빌려달라고 할까 망설였지만 모르는 사람에게
갑자기 부탁하는 것도 꺼려졌다. 언니 자리에 있는 텀블러를
사용해야 하나 싶었지만 언니의 흔적을 흩트리기 싫었다.
갈증을 꾹 참으며 마른침을 연신 삼켰다.

일이 손에 잡히지 않았다. 뿌옇게 처리된 사람들 얼굴을 보고
있자니 구역질이 올라올 것 같았다. 얼굴에 안개를 뒤집어쓴
유령이 둥둥 떠다니는 것처럼 보였다. 그중 한 유령이 내
목구멍을 꽉 막고 있는 기분이었다.

오늘 해야 할 일은 부지를 이전한 교도소와 길거리의
강아지를 블러링 처리하는 일이었다. 블러링 처리해야 하는
면적이 넓기도 하고, 정교하게 가려야 하는 일이 많아 조금 더
집중력을 발휘해야 했다.

나는 인터넷 로드뷰 사진 중 사생활을 침해할 수 있는
정보나 보안시설 등을 블러링 처리하는 일을 외주로 맡고
있다. 일러스트레이터로 책에 들어갈 삽화를 그리다 일이
잠시 끊겼을 때 했던 일인데, 꾸준히 맡겨준 터라 몇 년째
계속하고 있다. 사람 얼굴이나 자동차 번호판을 알아보지
못하도록 뿌옇게 처리하는 일은 대부분 인공지능이 맡았고,
나 같은 외주 작업자들은 이용자에게 따로 요청받은 건이나
군부대 시설 등 보안시설을 블러링 처리했다. 이제까지
내가 처리한 장면은 아이돌 멤버의 자택 건물, 뒷골목에서
벌어지는 학교폭력 장면 같은 것들이었다. 로드뷰의 카메라에
찍히는 줄도 모르고 일상생활을 지속하던 사람들은 자신의
흔적이 어딘가에 기록으로 남아 있을 거라는 걸 상상이나
했을까.

부지를 옮긴 교도소 건물은 매뉴얼대로 쉽게 블러링 처리를
했다. 문제는 이용자에게 요청받은 작업이었다. 우연히 동네
로드뷰를 보다 자신의 반려견이 전 주인에게 학대받는 장면이
찍힌 걸 발견했다는 제보였다. 자신이 얼마 전에 입양한
반려견이 틀림없다면서. 문제의 장면은 어느 사람이 쪼그리고
앉아 반려견에게 담배꽁초를 물리고 있는 장면이었다. 전
주인으로 추정되는 사람은 이미 인공지능에 의해 블러링

라유경

처리가 되어 있었다. 제보자는 반려견을 블러링 처리해달라고
요청했다. 자신의 강아지를 아무도 알아보지 못하길 바란다고
말이다.

사람 얼굴이 보였다면 범인을 특정할 수 있었을 텐데.
블러링 작업을 하는 인공지능은 더 정교해져야 마땅했다.
사람의 탈을 쓴 괴물을 분별하고 그 사람은 블러링 처리를
하지 않도록.

반려견은 비숑 프리제 종으로 하얀색의 포슬포슬한 털이
얼굴 주위를 감싸고 있었다. 나는 하얀색 강아지의 얼굴을
블러링 처리하다 몸통까지 전부 뿌옇게 칠해버렸다. 새로운
주인을 만나 다른 삶을 살게 된 강아지의 이전 흔적을
지워주고 싶었다. 담배꽁초를 억지로 물고 있는 강아지의
표정을 보기가 힘들었다. 천천히 강아지의 얼굴부터 목, 몸통,
다리와 꼬리까지 뿌옇게 덧칠해나갔다. 몸 전체가 강아지인
것도 알아채지 못할 만큼 뿌옇게 된 걸 확인했을 때 다시
갈증이 심해지는 걸 느꼈다. 언니의 몸이 녹으면서 액체로
변하던 과정이 생생하게 떠오른 것이다. 정수리부터 얼굴, 목,
어깨, 배, 엉덩이, 다리, 발끝까지. 누군가 앉아 있던 언니를
블러링 처리하듯 언니는 천천히 지워지고 있었다. 입고 있던
옷도 함께 녹아내렸다. 액체가 된 언니는 갑자기 이 세상에
없는 존재가 되어버렸다. 아무런 조치도 취하지 못한 채
그저 그 장면을 지켜볼 수밖에 없었던 나 자신까지도 견디기
힘들었다.

잠시 심호흡을 내뱉었다. 텀블러는 뚜껑이 굳게 닫혀

블러링

있었다. 그 안에 분명 언니가 있다. 액체로 존재하는 언니가. 당장 확인하고 싶었지만 뚜껑을 열고 안을 살펴볼 용기가 나지 않았다. 기어다니던 벌레를 잡아 가둔 뒤 살아 있는지 확인하기가 꺼려지는 것처럼. 텀블러 속 액체가 두려움과 공포를 불러일으키는 어떤 무엇처럼 느껴졌다. 나는 우선 진정하기 위해 자리에서 일어나 공유 오피스를 한 바퀴 돌기로 했다.

조용했다. 키보드 두드리는 소리와 정수기에서 물 떨어지는 소리, 컵이 부딪치는 소리만 들릴 뿐, 이곳에서 아무런 일도 벌어지지 않은 것처럼 보였다. 불과 한 시간 전쯤 내게 어떤 일이 일어났는지 아무나 붙잡고 얘기하고 싶었다.

내 자리에 돌아가면 옆자리에서 언니가 일하고 있을 것만 같았다. 늘 그랬듯 시계를 보며 "오늘 뭐 먹을까?"라고 물을 것만 같았다. 그러나 내 자리로 돌아왔음에도 불구하고 언니는 보이지 않았다. 언니가 쓰던 텀블러, 노트북, 마우스, 가방은 그대로 있는데. 경찰에 신고할까. 언론에 제보할까. 여러 생각이 들었지만 그렇게 되면 언니를 영영 잃을 것만 같았다. 뉴스나 인터넷 기사를 찾아봤을 때 액체의 행방은 묘연했다.

허기가 느껴졌다. 이런 상황에서도 밥은 먹어야 한다니. 먹지 않으면 살 수 없는 몸뚱어리에 화가 났지만 어쩔 수 없었다. 언니를 옆에 두려면 우선 내가 건강해야 하니까. 시계를 보니 정오였다. 언니와 나는 회사 대표가 있는 것이 아닌데도 점심시간은 칼같이 지켰다. 시곗바늘이 12시에 놓일 때까지 각자 일하다 정각이 되면 밖으로 나갔다.

라유경

오늘도 나가야 했다. 이 공간에서 벗어나고 싶었다. 언니도
답답할 것 같았다. 벌써 한 시간 넘게 밀폐된 공간에서
옴짝달싹 못 하고 있으니. 나는 텀블러를 들고 밖으로 나갔다.

어디로 가야 할지 몰라 한참을 걸었다. 핸드폰에서는 연신
폭염주의 재난 문자가 오고 있었다. 바깥 활동을 자제하라는
내용이었다. 입안과 목구멍이 타오르듯 메말라가는 느낌이
들었다. 마실 물이 간절했다. 눈에 보이는 식당에 무작정
들어가기로 했다. 핸드폰 문자를 확인하고 주머니에
넣으려는데 텀블러 안에서 액체가 출렁거리는 게 느껴졌다.
뚜껑을 열어보았다. 텀블러를 흔들지도 않았는데, 가만히
있는 텀블러 안에서 액체가 스스로 움직였다. 나에게 말을
거는 것처럼. 출렁이는 액체를 가만히 보던 나는 더 높다랗게
출렁이는 방향 쪽으로 걷기 시작했다. 언니가 내게 신호를
보내고 있는 것처럼 느껴졌다. 가고 싶은 곳이 있다고 말하는
듯이.
　출렁이던 액체가 비로소 잠잠해질 때 걷는 것을 멈추었다.
도착한 곳은 우리가 자주 가던 식당이었다. 바 좌석이
다섯 개밖에 되지 않는 가게로 이 동네에서는 유일한 비건
식당인데, 늘 손님들이 줄 서서 웨이팅을 하는 곳이었다.
식성마저 닮았던 우리는 육류 고기는 먹지 않는다는 점도
똑같았다. 언니와 나는 명절이나 크리스마스, 연말 등
기념일마다 이곳을 방문했다.
　어, 오늘은 혼자 왔네요. 어제는 언니 혼자 오더니.

싸웠어요?

　사장의 말을 듣고 안심이 됐다. 내가 겪은 일이 거대한 꿈은
아니라는 것. 내가 알고 있던 언니가 이 세상에 존재하던
사람이라는 것이 확인되는 순간, 안도의 한숨이 저절로
나왔다.

　사장님, 저 물만 먼저 빨리 주실 수 있으세요? 목이 너무
말라서요.

　텀블러를 내려놓은 나는 사장에게 서둘러 말했다.

　텀블러에 들어 있는 게 물 아니에요?

　아…… 아니에요, 커피……예요.

　나는 적당히 둘러댔다.

　잠시만 기다려요.

　사장은 언니와 나를 보면 환대해주고는 했다. 서로
닮았다면서 처음에는 자매인 줄 알았다고. 바에 앉아 언니와
내가 대화하면 사장이 추임새처럼 툭툭 말 한마디씩 건네는
식이었다. 어쩌면 사장이 우리 관계를 증명해줄 수 있는
유일한 사람일지도 몰랐다.

　옆자리 손님에게 음식을 내어준 사장은 내게 물 한 통과
컵을 주었다. 급하게 컵에 물을 따라 벌컥벌컥 마셨더니
타오를 듯 메말랐던 목구멍이 시원하게 뚫리는 것 같았다.
이렇게 맛있는 물은 처음이었다. 그제야 사장이 아까 했던
말이 떠올랐고, 나는 물었다.

　그런데 언니가 어제 여기에 왔었어요?

　네. 저녁에는 처음이어서 놀랐어요. 혼자 와서 버섯

　　　　　　　　　　　　　　　라유경

탕수육이랑 가지 커리 먹고 갔는데. 무슨 특별한 날이냐고 물었는데 대답이 없더라고요. 동생은 왜 같이 안 왔냐고 물으니까 희미하게 웃기만 하던데요.

언니는 이런 일이 벌어질 줄 예감하고 있었던 걸까. 오늘 아침까지만 해도 평소와 다를 바 없었다. 라테 한 잔 마시고, 자리에 앉아 노트북을 들여다보고, 화장실에 다녀오고, 그러다 가끔 한숨 쉬면서 밖에 나가 담배를 피우고 오고……. 늘 같은 모습의 언니였을 뿐이다.

나는 사장에게 말했다.

저도 어제 언니가 먹었던 거, 똑같이 주세요.

주문 후 내가 시킨 음식이 나오기도 전에 손님이 제법 들어왔다. 좌석은 금세 찼고, 문밖에서 기다리는 사람들의 줄이 길어졌다. 언니는 어젯밤 무슨 생각을 하면서 음식을 먹었을까. 올해 초 설 연휴에 우리가 이 자리에서 나눴던 대화를 기억한다.

유정아, 내가 너 입양해도 돼?

입양? 언니 아이 갖고 싶어?

아니, 너 말이야. 너를 내 자식으로 입양해도 되냐고.

……나를?

우리 같이 살면 좋겠다고 했잖아. 단순 동거인은 법적인 보호를 못 받으니까. 한 살만 어려도 자녀로 입양이 가능하다고 하네.

그런 방법이 있는 줄 몰랐어.

어때?

내가 드디어 '엄마'라고 부를 사람이 공식적으로 생기는 거잖아. 언니랑 진짜 가족이 될 수 있다니……. 나는 찬성이야.

정말? 다행이야. 나는 네가 싫어하면 어쩌나 했어. 고민 많이 하고 꺼내는 말이거든.

나, 사실 보육원에 살 때는 친구도 제대로 못 사귀었어. 통금 시간이 있어서 친구들 집에 놀러 가거나 다 같이 떡볶이 먹으러 가지도 못했으니까. 열여덟 살이 돼서 보육원을 나왔을 때, 아, 이제부터 진짜 혼자구나, 싶더라고. 특히 집 구하고 자리 잡는 게 너무 힘들었어. 자립지원금이라고 주는 게 고작 5백만 원뿐인데, 자립은커녕 고립되라고 주는 돈 같았다니까. 그걸로 얼마나 버틸 수 있겠어. 일자리는 구하기도 힘들고. 이런 고민을 털어놓거나 조언 구할 어른은 아무도 없고…….

후회 안 할 자신 있지?

뭘 후회해?

입양 말이야.

음, 좀 더 고민은 해봐야겠지만, 일단은 너무 좋아. 그런데 헤어지고 싶으면, 언니가 나를 파양해야 하는 건가?

글쎄, 그럴 일은 없을 것 같은데. 우리 둘 다 결혼 생각 없고, 키우는 반려동물도 없고. 우리는 서로 어떤 대화든 나눌 준비가 되어 있는 사이니까. 삐거덕거리는 거 있으면 살면서 맞춰나가지 뭐.

나를 보며 강단 있게 말하는 언니의 눈빛은 확신에 차 있었다. 우리는 종종 농담처럼 말하고는 했다. 나이 들면 같은 실버타운에 들어가자고. 최고급 실버타운에서 즐겁게 노후를

라유경

즐기다 누군가가 먼저 죽으면 마지막을 잘 지켜주자고.
그러기 위해서는 돈을 많이 벌어야 한다면서 둘 다 동시에
웃었다. 그때마다 나도 든든한 마음이 들었다. 만약 내가
죽는다면, 내 장례를 언니에게 맡기고 싶었다. 공영 장례로
치르고 싶지 않았다. 또 재산을 상속할 수 있다면 언니에게
하고 싶었다. 이건 언니도 마찬가지였다. 만약 자신이 죽게
된다면 내가 장례를 치러주었으면 좋겠다고, 얼마 있지 않은
재산이지만 나에게 주고 싶다고 이야기하고는 했었다.

그럼 언제 하는 게 좋을까?

급한 거 아니니까, 천천히 고민해보자.

내 물음에 언니는 미소 지으며 대답했었다. 그때 입양
날짜를 정할 걸 하는 후회가 밀려왔다. 우리 둘 사이에 이어진
끈이 더 단단했다면 언니가 액체로 변하지 않았을 거라는
생각이 머릿속을 채웠다.

커리 속 가지를 씹으면서 언니와 나의 미래를 그려봤다.
한집에서 같이 살면서 살림은 공평하게 분배하는 우리는
치약 짜는 것, 설거지하는 방식, 빨랫감 개는 방법…… 이런
사소한 것들도 너무나 잘 맞아 서로를 신기해한다. 평일
저녁에는 집 근처 안양천을 산책한다. 날마다 달라지는
풍경을 이야기하고, 각자 발견한 것들을 이야기 나눈다. 처음
본 새라든지, 매일 보이다 오늘 갑자기 보이지 않는 할머니
이야기 같은. 그러다 잠시 침묵할 때면 고요함이 둘 사이를 꽉
채우면서 마음이 넉넉해진다. 주말에는 새로 생긴 식당이나
카페를 다니면서 각자 읽고 싶은 책을 읽는다. 언니는 시집을,

블러링   47

나는 그림책을. 내가 바라보는 곳에는 늘 언니가 있다. 언니의
몸이 정물화처럼 놓여 있다. 뚜렷한 몸의 윤곽선. 나는 언니의
몸이 생생하다고 느낀다.

떠올린 미래가 너무 근사해 저절로 웃음이 나왔다. 언니와
함께라면 뭐든 포근할 것 같았다. 편안하고, 안성맞춤인 그런
가족. 언니가 액체로 변한 것까지 잠깐 잊을 정도였다. 어젯밤
이곳에 왔다면 언니에게는 특별한 어떤 날이었을 거다.
언니에게 식당을 보여주려 텀블러의 닫힌 뚜껑을 열어보았다.
놀랍게도 액체가 또 출렁이고 있었다. 누군가 흔든 것처럼
수면이 넘실대며 움직였다. 어딘가로 가자는 이야기 같았다.
언니는 살아 있는 걸까. 사람이 죽으면 재가 남는다지만
언니는 액체로 다시 태어난 걸지도 몰랐다. 어쩌면 언니와
평생 함께할 수도 있었다. 나는 먹던 음식을 남겨두고
자리에서 허겁지겁 일어났다.

사장님, 다음에 또 뵐게요.

왜, 다 안 먹고.

갑자기 급한 일이 생겨서요.

다음에는 언니랑 같이 와요. 얼른 화해하고요.

서둘러 계산하고 가게 밖으로 나오는데, 사장이 나를
불렀다.

뚜껑, 뚜껑 놓고 갔네요!

텀블러의 뚜껑을 닫지 않은 채 들고 있는 나를 발견했다.
뚜껑을 챙겨 텀블러를 닫았다. 밖으로 나오자 정오의 뜨거운
태양이 손등을 데웠다. 나는 텀블러 속 액체가 마르지 않도록

라유경

뚜껑을 더 세게 닫았다. 우선 공유 오피스로 다시 가기로
했다. 언니의 짐과 내 짐을 챙겨 언니가 가고 싶은 곳으로 갈
작정으로.

공유 오피스는 빈자리 없이 만석이었다. 월정액만 내면
커피와 음료를 마음껏 마시면서 일할 수 있었다. 모르는
사람들과 한 공간을 쓴다는 건 기묘한 소속감을 주었다. 같은
일을 하지는 않지만 매일 보는 얼굴들은 일정했다. 익숙한
얼굴을 지나가다 마주치면 눈인사를 나누었다. 잡무나 회식
등 번거로운 책임은 없으면서 필요한 것들을 자유롭게 취할
수 있었고, 반투명한 느낌의 동료들이 클라이밍 암벽의
볼록한 홀드처럼 사방에 자리 잡고 있었다.
　나는 부모를 일찍 떠나보낸 데다가 외동이었다. 열여덟
살까지 보육원에서 살았다. 삼촌이 가끔 나를 찾아오기는
했지만 결혼하고 아이를 낳으면서부터는 더 이상 나를
찾아오지 않았다. 보육원에서 나왔을 때 내 짐이 백팩
한 개뿐이라는 게 퍽 우스웠다. 옷과 속옷, 신발 몇 개와
일기장이 전부였다. 이 세상에서 내 것이 이렇게나
단출했구나 싶어 쓴웃음이 났다. 나는 가장 먼저 삼촌이
사는 집으로 찾아갔다. 어릴 때 딱 한 번 놀러 간 적이 있는
집으로. 전화했을 때는 '없는 번호'라는 안내 음성만 들려왔기
때문이다. 그러나 삼촌은 내가 아는 주소에 살고 있지 않았다.
열린 문틈으로 낯선 얼굴을 마주한 순간 나는 내 몸이 잠시
묵직하게 가라앉는 기분을 느꼈다.

이후 고시원에 살면서 이 사회에 달라붙으려 온갖 힘을 쥐어짰다. 보육원에서 연계해준 식품 공장에서는 6개월만 일했다. 한 달 사이에 연달아 동료들이 기계에 끼어 사고를 당하는 걸 직접 목격하고는 밤마다 잠을 이루지 못했다. 바닥에 흥건한 핏방울을 대걸레로 닦은 뒤 아무렇지 않게 하던 일을 계속하라던 상사를 보고 어떤 말도 나오지 않았다. 곧 내 삶이 거대한 기계에 끼어 훼손될 것만 같았다. 결국 그만두고 직접 일거리를 찾아 아르바이트를 했다. 낮에는 카페에서 일하고, 저녁에는 헬스장 카운터에서 일했다. 아르바이트를 그만두고 사회단체에서 일하기도 했다. 나와 같은 자립 청소년을 지원하는 단체였는데, 만족도가 높은 일이었지만 길게 일하지는 못했다. 일한 지 1년 만에 몸에 이상 신호가 온 것이다. 갑자기 기절하듯 쓰러진 적이 있었다. 그때 죽기 전에 원하는 건 다 해보자는 생각이 들었다. 마음 한구석에 미뤄두었던 일을 본격적으로 시도했다. 평소 그림을 끄적이면서 지내왔는데, 포트폴리오로 완성해 잡지사, 출판사, 신문사에 무작정 메일을 보냈다. '유정'이라는, 부모에게서 유일하게 물려받은 나의 이름을 누군가가 불러주기를 바라면서. 운 좋게도 작은 어린이책 출판사에서 연락이 와 전집에 들어갈 삽화를 그리는 일을 시작했다. 그 계기로 프리랜서 일을 이어나갈 수 있었다.

내 자리에 앉아 텀블러 안을 보았다. 출렁이던 액체가 잠잠해져 있었다. 우선 오늘까지 보내기로 한 작업을 마저 완성했다. 누가 봐도 어느 강아지인지 알아차리지 못할

정도로 블러링 처리한 걸 보니 괜히 내가 답답해지는 기분이
들었다. 작업을 마친 후 담당자에게 메일을 보내놓았다.
그런데 그때 누군가가 속삭이는 소리가 들렸다.

– 나가자.

분명 언니 목소리였다.

– 여기 너무 뜨거워. 나가자고.

텀블러 뚜껑을 열어보았다. 잠잠했던 액체가 안에서
출렁이고 있었다. 하마터면 손에서 텀블러를 놓칠 뻔했다.
다행히 정신을 차리고 텀블러를 두 손으로 꼭 쥐었다. 주변을
둘러보았다. 고요한 사무실은 에어컨이 내뿜는 바람 소리만
맴돌았다. 아무도 언니 목소리를 듣지 못한 듯했다.

언니, 살아 있어?

내가 물었으나 액체는 텀블러 안에서 요동칠 뿐 또다시
목소리가 들리지는 않았다. 나는 일단 언니의 노트북과 짐을
챙겼다. 언니의 텀블러 안에 든 카페라테가 차갑게 식어
있었다. 커피를 버리지 않고 그대로 뚜껑만 닫은 채 언니
가방에 넣었다. 그리고 내 가방까지 챙겨 사무실 밖으로
나갔다. 어디로 갈지는 정하지 않았다. 그저 뜨겁지 않은
곳으로, 시원한 바람이 부는 곳으로 가야겠다는 생각만
머릿속을 채웠다. 양손으로 텀블러를 꼭 쥐고 액체에게
말했다.

언니, 조금만 기다려. 바람 쐬게 해줄게.

언니와의 첫 만남은 우연이 겹친 운명 같았다. 우리는 코인

세탁소에서 만났다. 한파로 인해 세탁기 수도가 동파된 날. 그동안에는 같은 다세대 주택 단지에 사는 이웃이라는 것만 아는 상태였다. 아르바이트를 다닐 때 아침 출근길마다 버스정류장에서 마주치는 얼굴 중 한 명이었다. 언니를 특별히 기억하는 이유는 늘 언니 손에 쥐여 있는 일회용 커피 컵과 책 때문이었다. 언니는 버스정류장 근처에 있는 카페에서 커피 한 잔을 사 들고 옆구리에는 책 한 권을 끼고 있었다. 그 책들이 평소 내가 관심을 두고 즐겨 읽는 책이었기에 자연스럽게 언니에게 시선이 갈 수밖에 없었다. 그러다 동네에 하나밖에 없는 코인 세탁소에서 우연히 마주친 것이다. 나는 언니를 보고 먼저 말을 걸었다.

　우리는 같이 빨래를 돌렸고, 건조되어 가벼워진 빨랫감을 들고 나란히 집으로 걸어갔다. 언니와 처음 만나 대화를 나누는 것이었는데, 기분이 가벼웠다. 빨랫감을 들고 있는지조차 잊을 만큼. 누군가와 이야기를 나누면서 이런 기분이 든 건 처음이었다. 알고 보니 언니는 바로 옆 동에 살고 있었다. 언니는 홈페이지 만드는 일을 프리랜서로 하고 있다고 말했다. 같은 디자인 계열의 일을 하고 있다는 사실만으로도 처음부터 서로에게 소속감을 느꼈다. 각자 작업실을 구하고 있던 차에 함께 공유 오피스를 이용하기로 하고 하나밖에 없는 동료이자 선배이자 후배로 같은 시간 속에 머물렀다.

　그때는 전혀 알지 못했다. 내가 이렇게 언니의 마지막을 함께하게 되리라고는. 아니, 어쩌면 액체로 변한 것은 언니의 마지막이 아닐 수도 있었다. 지금부터 시작인지도 몰랐다.

온도가 섭씨 40도에 육박하는 한여름이었기에 바람 부는
곳을 찾는 일은 어려웠다. 피부가 햇볕에 녹아내릴 것만
같았다. 높은 습도 때문에 1분만 걸어도 땀이 났다. 바람을
쐴 수 있는 곳은 에어컨이나 선풍기 앞이었다. 평소에는 비염
때문에 에어컨이나 선풍기 바람을 싫어했던 언니였기에 굳이
그 앞으로 가고 싶지는 않았다. 어디로 가야 할지 갈피를
잡지 못하던 나는 우선 바다로 가기로 했다. 이렇게 더운
날에도 파도는 칠 것이었다. 지하철을 타고 갈 수 있는 가장
가까운 바다를 검색했다. 4호선 오이도를 목적지로 정하고
지하철역에 가기 위해 마을버스를 탔다.
　버스에는 빈자리가 없었다. 한 손에는 텀블러를 쥐고, 한
손으로 손잡이를 잡으려니 중심 잡기가 힘들었다. 버스카드를
찍은 뒤 맨 앞자리 기둥을 잡고 섰다. 안쪽으로 이동했다가는
완전히 중심을 잃을 것 같았다. 옆 사람과 어깨가 닿을 만큼
서 있을 공간이 비좁았다. 나는 곧 택시 타지 않은 것을
후회했다. 텀블러를 가방에 넣을 걸 하는 후회가 이어서
밀려왔다. 흐물거리는 에코백에 넣었다가는 텀블러가 뒹굴다
액체가 샐까 봐 손에 쥔 것인데. 머릿속으로 사람들을 뚫고
버스에서 어떻게 내려야 할지 시뮬레이션을 하며 궁리했다.
　내 앞에 앉은 사람이 더운지 연신 부채질했다. 나는 잠깐
창문을 열어달라고 했다. 그 사람은 창문을 열어주었고, 나는
뚜껑을 잠시 열어 액체에게 말했다.

블러링   53

언니, 어때? 좀 시원해?

말을 끝내자마자 열린 창밖으로 갑자기 비가 쏟아졌다.
폭염이 지속되더니 굵은 줄기의 소나기가 내렸다. 습기
먹은 공기가 후덥지근하게 밀려왔다. 열린 창문 틈으로 비
비린내가 훅 끼쳤다. 예전에 놀이터에서 울었던 언니의 눈물
냄새 같았다. 그치지 않을 것만 같던 투명한 액체의 냄새.

버스가 신호에 급정거하면서 갑자기 멈추는 바람에 잠시
중심을 잃고 흔들렸다. 자칫하면 넘어질 뻔했으나 간신히
옆에 서 있던 사람이 내 팔을 잡아주면서 넘어지는 것만은
피할 수 있었다. 그런데 끔찍한 일이 벌어졌다.

손에 들고 있던 텀블러를 놓친 것이다.

고개를 숙여보니 텀블러가 바닥에 떨어진 채 나뒹굴고
있었다.

뚜껑이 열린 틈으로 액체가 밖으로 흘러나왔다.

그 광경을 그저 바라볼 수밖에 없었다. 순간 언니가
잘못될까 봐. 다시는 언니 목소리를 듣지 못할까 봐 두려움에
온몸이 떨렸다. 창밖에서 몰려오는 습한 기운에 또다시
목구멍이 타는 듯한 갈증이 느껴졌다. 당장 물을 벌컥벌컥
마시고 싶다는 생각만 가득 찼다.

결국 바다에 가려는 계획은 포기하고 집으로 왔다. 집에
도착한 뒤 바로 컵에 물을 따라 마셨다. 오늘 두 번째로 먹는
물은 아주 달콤했다. 나는 집 안의 조명도 켜지 않고 바로
식탁 의자에 앉아 텀블러를 살펴봤다. 절반 정도 차 있던

라유경

액체는 절반의 절반 정도만 남아 있었다.

언니가 또 내게 말을 걸지 않을까 하는 기대로 최대한 텀블러에 입을 가까이 대고 말했다.

언니, 오늘은 바람 한 점 불지 않는 날이야. 대신 내가 바람 불어줄게.

케이크에 꽂힌 생일 초에서 일렁이는 촛불을 끄듯 텀블러 속을 향해 입김을 불었다.

후우.

후우.

아무리 불어도 꺼지지 않는 촛불처럼. 액체는 내 입김에 살짝 흔들릴 뿐 변함없었다. 계속 침묵하기만 했다.

후우.

후우.

액체는 출렁이지도 않았다. 내가 손으로 흔들 때만 조금 동요할 뿐이었다. 액체는 멈춰 있었다.

잠시 후 핸드폰이 울렸다. 메일이 도착했다는 알람이었다. 담당자에게 보내 놓은 작업의 피드백이었다. 이번에 수정 사항이 생기면 밤샘 작업을 해서 내일 아침까지 보내 놓아야 했다. 메일을 안 보고 그냥 한숨 푹 자고 싶다는 욕구가 밀려왔지만 그럴 수는 없었다. 이제는 나 혼자만 사는 게 아니었으니까. 내가 보살펴야 할 부양가족이 생겼으니까.

담당자는 수정 사항이 있다고 했다.

얼굴만 해줄 줄 알았는데, 몸통까지 블러링 처리한 건 좋다고 해요. 그런데 뿌옇게 처리한 농도를 더 진하게

해달라고 하네요. 반려견이랑 전 주인 둘 다 알아보기 힘들
정도로 아주 진하게요.

～～～

언니가 액체로 변한 이후로 그와 같은 사건은 일어나지
않았다. 여러 기사를 찾아본 결과 그해의 도드라진 특징을
찾아볼 수 있었다. 그해 여름 기온이 가장 높았다는 것.
고독사 비율이 가장 높았다는 것……. 일회용품 사용률이 가장
높았다는 것. 강수량이 가장 적었다는 것. 나는 그저 추측만
할 수 있을 뿐이었다. 터무니없는 이유더라도 끄나풀을
붙잡고 싶었다. 왜 하필 언니였는지, 납득할 수 없었기에.
　절반이라도 남은 언니를 잘 보존하기 위해 액체를 잘
보살폈다. 아침 해가 비출 때면 잠깐 빼내어 창가에 놓고
뚜껑을 열어 빛을 쬐어주었다. 텀블러에 물때가 끼지 않도록
매일 액체를 유리병에 따라놓은 뒤 설거지했다. 새로운
유리병에 넣어 보관할까 고민했지만 처음 액체를 받았던
그대로 보관하기로 했다. 또 어떻게 변할지 모르는 일이니까.
매일 퇴근한 이후 저녁에는 텀블러를 들고 근처 하천을
산책했다. 바람을 느끼고, 풀벌레 소리를 듣고, 보름달도
보라고. 그때마다 액체는 출렁이지도, 말을 걸지도 않았지만
나는 느꼈다. 액체가 살아 있음을. 존재하고 있음을. 늘 내
곁에 있음을.

　　　　　　　　　　　　　　　　　　　라유경

이삿짐은 모두 이민 갈 캐나다에 부쳐 놓았다. 캐나다에 있는 남편은 내 짐을 받아 정리하고 있을 터였다. 무기력한 일상을 바꿔보려 시작한 영어 회화 앱에서 만난 남편은 캐나다에서 식당을 운영하는 호주인이었다. 그는 나에게 육체를 가진 언니 같은 존재로 다가왔다. 대화하면 할수록 영혼이 붙어 있는 느낌이 들 정도로 서로에게 이끌렸다. 무엇보다 부모님이 안 계신다는 점이 우리 사이를 더 좁혀주었다. 오로지 혼자 힘으로 캐나다에 정착한 남편은 나를 책임질 수 있다며 함께 살자고 제안했다. 나를 보러 한국에까지 와준 남편을 실제로 만난 뒤 평생 함께해도 괜찮겠다는 믿음이 생겼다.

남편이 나를 보러 한국에 잠깐 와 있을 때 나는 텀블러 관리를 잠시 중단했다. 남편은 내가 사는 집에 머물렀고, 남편에게 솔직하게 이야기하는 것이 꺼려졌다. 나도 모르게 텀블러 속 액체를 소홀히 여기게 됐다. 그러면서 이상한 해방감을 느꼈다. 아무도 알아주지 않는 액체 돌보기를 멈춰도 될 것 같다는 생각이 든 것은 그때쯤이었다.

귀중품을 따로 챙겨둔 캐리어를 끌면서 한 손에는 텀블러를 챙겼다. 출국을 앞두고 마지막으로 언니의 집에 들르기로 한 것이다.

3년째 열리지 않는 집 앞에는 관리비와 도시가스 체납 독촉장이 쌓여 있었다. 전에 왔을 때 내가 남겨놓은 메모지는

현관문에 그대로 붙어 있었다. 혹시라도 언니의 지인이나
가족이 언니 집을 찾을까 해서 내 연락처가 적힌 포스트잇을
붙여놓은 것이다. 그러나 언니와 관련해서 온 연락은 없었다.
언니는 정말 혼자였을까.

현관문에 붙은 포스트잇을 떼어내 주머니에 넣었다. 액체는
공항에서 버리기로 했다. 이 땅을 떠나기 직전에. 화장실이든,
음식점이든, 면세점이든, 쓰레기통이든……. 마음 가는 대로
버리기로 했다.

계단을 내려간 나는 1층 출입구 옆 주차장을 한번
둘러보았다. 평일 낮이어서 그런지 주차된 차는 한
대뿐이었다. 먼지를 뒤집어쓴, 오랜 시간 멈춰 있는 것만 같은
검은색 자동차가 보였다. 나는 문득 저 차가 언니의 자동차일
수 있겠다는 생각이 들었다. 언니가 했던 말이 스쳐 지나갔기
때문이다. 자동차를 팔아야겠다는 말. 주차장에 몇 달째 먼지
쌓이도록 세워 놓았다는 말. 운전은 할 때마다 고역이라는 말.

나는 무언가에 홀린 듯 자동차에 가까이 다가가 운전석
문을 열어보았다. 자동차는 잠겨 있지 않았다. 너무나 쉽게
문이 열렸다. 나는 캐리어를 옆에 놓아둔 채 텀블러를 쥐고
운전석에 들어가 앉아 문을 닫았다. 꿉꿉한 먼지 냄새가 났다.

중앙 거울에 가족사진으로 추정되는 사진이 걸려 있었다.
이 차는 언니의 것이 맞았다. 사진 속 여자의 얼굴이 바로
언니였다. 오랜만에 사진으로 언니를 보니 왈칵 눈물이
나왔다. 늘 어두운 기억 속에서만 흐릿하게 존재했던 언니가
실재했다는 걸 다시 실감했다. 그런데 언니 옆에 조그만

라유경

아기가 있었다. 언니와 너무나 닮은 얼굴의 아기가. 사진 속에서 아기를 안고 있는 언니는 환하게 웃고 있었다.

액자에서 사진을 꺼내 뒷면을 봤다. '유정이랑 이백 일 기념사진'이라고 메모가 적혀 있었다. 그저 혼자인 줄만 알았는데……. 사진 속 아이는 어디에 있을까?

나는 언니의 이름을 가만히 불러보았다.

천미정, 잘 있어. 나 정말, 언니 딸이었네. 언니를 보살필 수 있어서 좋았어. 이제는 그만 놓아주어야 할 것 같아. 이렇게밖에 할 수 없는 나를, 부디 이해해 줘.

텀블러는 운전석 옆 선반에 놓아두었다. 어쩌면 이곳이 언니가 있어야 할 자리일 수도 있겠다는 생각이 들었다. 텀블러의 뚜껑을 가만히 열었다. 고개를 숙여 고요하게 멈춰 있는 투명한 액체를 들여다보았다. 수면에 내 얼굴이 비쳐 보였다. 누구를 닮았는지 알 수 없는 얼굴이.

그리고 바로 문을 열고 밖으로 나와 캐리어를 끌고 골목으로 걸어갔다. 시계를 보니 정오였다. 뜨거운 햇볕이 정수리에 내려앉았다. 누군가가 나를 부르는 소리가 희미하게 들리는 것 같았지만 뒤돌아보지 않았다. 만약 로드뷰에 찍힌 나를 발견한다면 블러링 처리할 필요 없이 뒷모습이기를 바랐다.

작가 노트

집에 있으면서도 집에 가고 싶다는 생각을 자주 한다. 내 안에 막연하게 자리 잡은 진짜 집은 어디일까. 내 몸이 어느 곳에도 닿지 않는다는 느낌은 사라지지 않았고, 사라지지 않을 것만 같았다.

존재의 빛이 희미하게 느껴질 때, '무연고'의 마음을 떠올렸다. 누군가에게 불리지 않는 이름을 지니고 혼자 묵묵히 집을 돌보는 기분을.

호명의 힘이 '진짜 집'의 무게와 같으리라는 생각으로 이 소설을 썼다. 흔적 없이 증발하는 물처럼 어느 순간 사라져버린 존재들의 이름을 불러주려는 마음으로. 우리는 무언가와 필연적으로 연결되어 있다는 믿음을 담아서. 유통기한이 지난 물이더라도, 움직이지 않는 사물이더라도 서로를 책임지는 관계로 살아갈 수 있다고 말이다.

뿌옇게나마 남겨져 있는 무수한 혼자들의 흔적을 더듬고 싶다. 내게 그 흔적을 더듬는 방법은 글을 쓰는 것뿐이다. 글을 쓸 수 있어 감사하다.

라유경

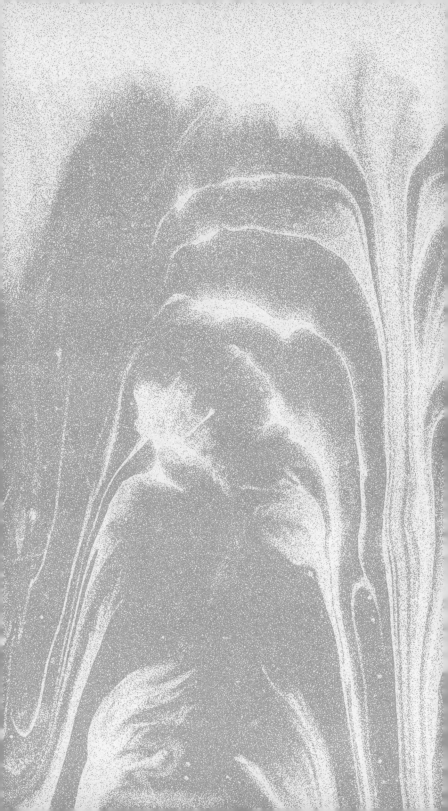

정글의 이름은 토베이

서고운

왜 나의 지구는 맨날 망할까.

순지는 드디어 궁금해졌다. 한 달쯤 전부터 순지의 꿈속에서 지구는 각양각색으로 망해갔다. 오늘 꿈에서 지구는 온 사방에서 자라나는 풀 때문에 망했다. 일주일 전 꿈에서는 비가 멈추지 않아 멸망했다. 순지는 한강이 내려다보이는 고급 아파트의 로열층에서 친구들과 고급 위스키를 마시다가, 어 어, 비가 안 멈춘다, 하다가 꼿꼿이 선 채로 떠내려가는 아파트에서 지구의 마지막을 맞이했다. 순지는 멈추지 않는 비를 멈추게 할 줄 몰랐다. 오늘은 조금 아쉬웠다. 만능 제초제를 찾아내는 데 성공했지만, 제초제 뚜껑의 어린이 안전 잠금장치를 어떻게 풀어야 할지 몰랐다. 풀은 아스팔트에서, 전신주에서, 폐기물 스티커가 붙은 가구에서, 고양이의 발톱에서 마구 자라다가 마침내 순지의 손가락에서 자라나기 시작했고, 제초제 뚜껑을 열기 전에 순지를 뒤덮고 세계를 덮어버렸다.

　반듯이 누운 코끝이 따가웠다. 코는 바짝 말랐는데 이불은 눅진했다. 순지는 몸을 반쯤 일으켜 창문을 열었다. 위층에서 넝쿨이 또 한 가닥 내려와 대롱거리더니 이제 방충망까지 비집고 들어와 한 바퀴를 감았다. 녹색이라 하기엔 아직 너무 여린 색의 순이었다. 분명 어제 끊어 던져버렸는데도 왜 저럴까. 뭐 하는 집이길래 아랫집까지 풀을 늘어뜨리는 거야. 방충망을 감은 순을 손톱으로 꾹꾹 눌렀다. 넝쿨은 똑 끊기면서 창밖으로 달아났다. 어젯밤 끊어 던진 줄기는 길바닥에서 말라가고 있었다. 순지는 다시 누워 핸드폰을 확인했다. 유영이 보내준 커피 쿠폰의 만료 기한이 일주일 남았다는 메시지가 떴다. 광고성 메일 몇 통과 백 개 좀 넘게 쌓인 오픈채팅도 있었지만 정작 기다리고 있는 사람은 감감무소식이었다. 망할, 뭐가 무섭다고 갑자기 마음을 바꾼 거야. 순지는 핸드폰을 내려두고 천장을 보았다. 왼쪽 모서리에서 시작된 곰팡이 얼룩이 점차 선명하게 번지고 있었다. 그 꼴이 보기 싫어 모로 누웠다. 책상 아래 벽도 얼룩덜룩했다. 이미 방 안에는 온갖 곰팡이의 포자가 가득 찼을 것이다. 그런 생각을 하니 살짝 숨이 막히는 듯도 했다. 바닥에서는 뭔가 희끗하게 반짝였다. 언젠가 잃어버린 무언가일 것이다. 순지는 무언가가 무엇일지 떠올리려 애썼지만 딱히 떠오르지 않고, 자꾸 망하는 지구 생각만 났다.

순지는 핸드폰을 내려두고 기지개를 켰다. 유튜브에서 본 대로 어깨는 내리고 손가락은 벽을 향해 뻗었다. 숨을 천천히 내쉬면서 쭉 기지개를 켜보세요. 다 뻗었다고 생각할 때 일 센티만 더 뻗으세요. 발등은 바닥과 평행이 되게 뻗으세요. 다 뻗었다고 생각될 때 일 센티만 더 뻗으세요. 일 센티만 더. 일 센티만. 그렇게 기지개를 켜고, 심호흡을 세 번 했다. 그 일 센티가 여러분의 미래를 결정한답니다. 오늘도 평온하고 즐거운 하루 보내세요, 나마스테. 유튜버 요가나무는 항상 그렇게 영상을 마무리했다. 평온하고 즐거운 하루를 보내기 위해 순지는 오늘 해야 할 일들을 헤아렸다.

안녕하세요, 새롭고 넓은 미래를 열어드리는 유학서치

서고운

이수잔입니다. 순지는 유학 업체에서 일을 했다. 팀장은 순지에게 수잔이라는 이름을 줬다. 순지라는 이름이 너무 귀엽기 때문에 유학 컨설턴트로서 신뢰가 안 갈 거라는 이유였다. 순지는 자기 이름이 귀여운지도 모르겠고 수잔이라는 이름은 좀 예스럽다고 생각했다. 고객들은 상담사의 이름에 별로 신경을 쓰지 않았다.

상담을 받는 사람들은 뻔했다. 대략 반반이었는데, 그러니까 진짜로 갈 마음과 여력이 있는 사람 반, 혹시나 자기 형편에 갈 수 있는 데가 없을까 찔러보는 사람이 반이었다. 진짜 계약까지 가는 사람들은 열 명 중 한 명도 안 됐다. 순지의 옆 옆자리 박준수는 열 명 중에 세 명 정도를 계약까지 끌고 갔다. 게다가 영국, 캐나다, 호주 같은 나라 위주의 고객을 상대했다. 이런 나라는 수수료가 높았다. 필리핀으로 가려던 고객을 출국 며칠 전 설득해 뉴욕으로 보낸 일화는 유명했다. 박준수는 순지가 받는 돈의 세 배를 받았다.

박준수에 대한 이야기는 무성했다. 워낙 여행을 많이 다니는 사람인데다가 대학생 땐 교환학생을 한 번, 어학연수를 한 번 다녀왔다고 했다. 순지는 왜 그런 고급 인력이 자신과 같은 일을 하는 것일까 의아했지만, 박준수는 자신의 일에 만족하는 듯 보였다. 그만두고 싶을 땐 언제든 그만두고 여행을 떠나든지 다른 일을 하든지 할 수 있는 사람이기 때문일까. 그러면서도 자신이 그런 사람이라는 것을 티 내지 않는 여유와 교양이 넘쳤다. 박준수가 전화 상담을 할 때면 순지도 힘이 났다. 목소리에 좋은 기운이

있어, 준수 씨는. 박준수가 음식을 주문하기만 해도 팀장은
그런 말을 했다. 웃는 것도 서글서글하고 목소리도 좋아서
얼굴을 보지 않아도 믿음직한 미소가 그려지는 사람이었다.
점심 메뉴를 고를 때도 거침이 없었다. 순지는 박준수 덕에
동남아 음식이라도 태국과 베트남과 라오스 음식이 다르다는
걸 알았고, 햄버거보다 팬케이크가 훨씬 미국 음식답다는
것도 알았다. 나폴리 피자가 어떻게 생겼는지도 알게 되었고,
스파게티와 펜네의 차이도 배웠다.

어떤 음식을 먹든지 간에 박준수는 그 나라에서 겪었던
일을 맛깔나게 이야기했다. 그는 토베이에도 다녀온 적이
있다고 했다. 영국이면서도 물가가 비교적 저렴해서 고객들을
설득하기도 좋다고 귀띔해주었다. 사람들도 런던 사람들보다
훨씬 온화하고, 영국 음식이야 원래 맛없기로 유명하지만
그나마 바다가 있어서 시장에서 해물을 사 와 요리해 먹으면
괜찮다고 했다. 박준수가 하는 이야기는 다 진심이었다.
진심으로 사람들을 뉴욕으로, 엘에이로, 토베이로, 런던으로
밀어붙였다. 그곳에서는 얼마나 즐겁고 맛있고 희망찬 미래가
펼쳐질 수 있는지, 박준수는 컴퓨터 모니터가 아닌 자신의
시간을 들여다보며 이야기했다.

토베이 아줌마로부터 마지막 문의가 온 것은 보름
전이었다.

– 런던에서 동양인 테러가 났다는데 괜찮을까요?
– 고객님, 마음 아픈 일이지만 런던의 관광지에서는 그런
일이 가끔 있어요. 하지만 유학원 근처는 무척 안전하구요,

토베이는 런던에서도 멀리 떨어진 해안 동네라 훨씬 더
안전합니다.

　그녀가 말하는 동양인 테러란 런던에 사는 중국계 이민자와
백인 관광객 사이에 붙은 싸움이었다. 싸움이라기에는
중국계 이민자가 일방적으로 얻어터졌지만, 사실 그런 일은
비일비재하지 않나. 인스타그램에 그런 영상이 며칠씩 돌다
미지근하게 사라지곤 했는데 이번에는 어쩌다 포털 사이트
메인까지 가서 아줌마 눈에 띈 모양이었다.

　– 네, 알겠습니다. 항상 친절히 감사해요.

　토베이 아줌마는 두 달을 넘게 상담만 했다. 첫 문의는
구구절절한 인생사를 푸는 것으로 시작됐다. 작은 보습학원을
하며 살다가 자식들도 독립하고 이제 자기 공부를 하고
싶다며 전화를 걸어와 브로슈어를 요청했다. 보통의
고객들은 유학서치 홈페이지에 올려둔 파일을 다운로드
받아서 해결했지만 아줌마는 굳이 종이로 인쇄한 브로슈어를
보내달라고 했다. 순지는 홈페이지에서 주소를 입력하면
브로슈어가 배송될 거라 안내했고, 그로부터 일주일 뒤
아줌마는 몰타 유학원을 문의했다.

　몰타는 작디작은 섬나라로 인구도 얼마 없어 기여금
같은 것을 내면 시민권도 금방 받을 수 있었다. 유학생이든
노동자든 외국인에게 관대했으며 유럽치고 물가가 저렴해
외국인을 대상으로 한 영어 유학원이 많았다. 바다도 예쁘고
여름휴가를 보내는 유럽인들이 많은 휴양지이기도 했는데
순지는 몰타하면 몰티즈가 보고 싶었다. 몰티즈의 고향이

몰타 섬이라는 것을, 진짜 몰타 사람들은 사실 영어가 아닌 몰타어를 쓴다는 것을 아줌마가 아는지 모르는지 알 수 없었지만 어쨌거나 순지는 몰타에서 조금만 더 보태면 영어의 본국인 영국으로도 갈 수 있다고 바람을 넣었다. 그중에서도 특히 저렴한 지역인 토베이부터 추천했다.

－몰타처럼 바다가 있고, 고객님처럼 은퇴 후에 실버 유학 가시는 분들이 많으세요.

몰타의 견적을 내주고, 토베이의 견적을 내주고, 이런저런 비교 견적을 다 내주었다. 아줌마는 별걸 다 정성스레 문의했다. 여름에는 더운가요? 에어컨이 있나요? 영국은 겨울에 기온이 높아도 한국보다 춥다던데 맞나요? 영국 음식은 맛이 없다던데 정말 그런가요? 한국으로 매일 전화하면 통신비가 많이 들까요? 노트북은 어떤 사양으로 챙겨가야 할까요? 아이패드로는 과제 하기 힘들까요?

순지는 항상 친절히 감사하게 답변했다. 간신히 필리핀이나 보내던 순지에게 영국 고객은 대어였다. 뉴욕이나 런던을 탐내진 못하더라도 토베이는 왠지 일 센티만 더 뻗으면 닿을 것 같았다. 필리핀과 영국의 중개 수수료는 적게는 두 배, 많게는 세 배까지 차이 났다. 순지는 토베이의 사진을 잔뜩 구글링해서 보냈다. 요트 창고가 촘촘히 서 있는 새파란 바다, 일광욕을 즐기는 젊은이들, 오래되다 못해 새까만 원목 테이블이 늘어선 펍, 거품이 가득 올라오는 투명한 맥주, 거대한 맥주잔에 송골송골 맺힌 물방울, 깔끔하고 정갈한 기숙사, 열정적인 원어민 교사의 수업…… 종종 토베이가

서고운

아닌 사진도 있었지만 별 상관없었다. 아줌마는 어떤 사진이든 좋아했다.

가끔 통화를 하기도 했다. 토베이 아줌마의 목소리는 의욕이 넘치면서도 굼떴다. 자신이 무언가를 시작하기에 늦었다는 것은 알아도, 그게 구체적으로 무슨 의미인지는 잘 모르는 목소리였다. 그녀는 이렇게 나이 들어서 가면 다른 학생들이 싫어하지 않을까요, 라고 자주 묻곤 했는데 사실 그 말은 다른 학생들이 싫어하지만 않는다면 나는 자신 있다,의 다른 표현이었다. 순지의 대답은 정해져 있었다.

학원에서 아이들도 직접 가르치셨는데, 가면 우등생 되실 거예요.

저같이 나이 많은 학생들은 그래도 없겠지요?

아줌마는 순지의 답변도 재깍 알아듣지 못했다. 문의했던 것을 묻고 또 물었다. 특히나 자신이 원하는 답변이 아닐 때는 더욱 그랬다. 잘 들리면서, 싫은 것은 흘려버린다. 늙어버린다는 것은 구체적으로 이런 것이리라 순지는 생각했다. 어쨌거나 아줌마는,

– 네, 알겠습니다. 항상 친절히 감사해요.

라고 인사하는 걸 잊지 않았다. 그러던 토베이 아줌마가 문의를 끊은 뒤로 순지는 빌려 간 돈을 갚지 않고 달아난 사람에게 느낄 법한 배신감을 느끼기도 했다. 다른 상담을 진행하다가도 불쑥불쑥 생각이 나 잠시 멍해진 적도 있었다. 그래도 토베이 아줌마가 다시 연락을 해온다면 누구보다도 친절하고 감사하게 토베이 유학을 팔아내리라, 그렇게

평온하고 즐거운 나날에 한 걸음 더 다가가리라 다짐했다.

요가를 마친 순지는 이불을 개고 가습기를 껐다. 밤새 눌려
있었을 흉곽을 펴고 크게 숨을 들이쉬다가, 말았다. 곰팡이가
가득 찬 것 같은 방이 불쾌했다. 방 모서리마다 피어오르는
곰팡이 탓에 종일 제습기를 돌리면서도, 자고 일어나면
바짝 말라 따가운 입과 코 때문에 작은 가습기를 머리맡에
두고 자야 했다. 순지는 가습기 물통을 헹궈내며 오늘의 할
일들을 되짚어보았다. 6일 만에 가지는 휴무라 알차게 보내고
싶었다. 알찬 하루란 무얼 많이 하지 않으면서도 시간을
헛되이 버리지 않았다는 생각이 드는 날이다. 할 일은 많지
않았다. 가습기 물통 씻기. 안 쓰는 앱 삭제하기. 산책하기.
산책하는 김에 유영이가 보낸 쿠폰으로 커피 한잔하기. 급여
확인하고 적금 통장과 생활비 통장과 용돈 통장에 나누어
이체하기. 집주인한테 전화해서 곰팡이 다시 말하기.
　순지는 어려운 일부터 해치우기로 했다. 네, 청암빌라
206호 사람인데요, 곰팡이 때문에요. 네, 환기도 잘 시키고요,
방은 건조해서 잘 때 입안이 다 바짝 마르는데 천장에는
곰팡이가 점점 더 번져서요. 네, 네, 책상 아래도요. 집주인의
대답은 한결같았다. 할 만큼 했다, 다른 집은 안 그런다,
306호에 한번 말해보겠다, 거기서 물을 많이 써서 그럴
수도 있다, 집에 락스 있으면 천장에 조금 발라봐라, 그래도
안 되면 다시 전화해라. 순지는 지쳐갔으나 어쩔 수 없음을
알았다. 곰팡이 없고 위층에서 넝쿨이 내려오지 않는 방도

서고운

있을 것이다. 순지가 박준수만큼 벌 수 있다면 그런 방을 구해볼 것이다. 그러나 순지는 열 명 중에서 한 명을, 그것도 영국이나 캐나다도 아니고 필리핀이나 중국에 간신히 보냈으며 토베이 아줌마도 사라지고 말았다.

전화를 끊고 숨을 골랐다. 가습기 물통을 털어 창가에 엎어두었다.

손톱으로 끊어낸 넝쿨이 달랑거렸다.

순지는 마을버스를 타고 원효대교 남단에서 내렸다. 정류장 앞 카페에 들러 유영에게 받은 쿠폰으로 아이스아메리카노를 주문했다. 유영은 순지에게 거의 유일한 친구였는데 유일한 친구임을 감안해도 조금 이상한 애였다. 기이한 이야기를 입에 달고 살았으며 손끝에서는 괴상한 그림이 멈추질 않았다. 순지가 이야기를 해보라고 말하지 않아도 그림을 그려보라고 하지 않아도 유영은 쉬지 않고 얘기하고 끊임없이 그렸다. 사회성이라는 게 무엇인지도 모를 나이부터 사회성이 부족하다는 말을 듣고 자란 순지는 사람에게 말을 걸 때 항상 숨이 찼다. 대신 뙤약볕이 내리쬐는 놀이터에서 두 시간 동안 아무 말 없이 혼자 노는 방법을 알았고, 맥도날드에서 생일파티가 열릴 때면 햄버거를 얼른 먹고 혼자 놀이방에서 공을 던지길 좋아했다. 순지와 유영은 서로를 의아하게 생각했으나 둘 말고는 아무도 둘이 친구라는 것을 이상하게 생각하지 않았다.

아이스아메리카노를 경쾌하게 달그락대며 순지는

원효대교로 들어섰다. 한강을 산책하고 싶을 때면 한강공원이
아닌 원효대교로 가곤 했다. 강을 따라 걷는 것보단 가로질러
가는 편이 훨씬 즐거웠다. 길게 뻗은 한강은 어느 날엔
양갱으로 어느 날엔 도토리묵으로 보였다. 원효대교는
다른 다리들에 비해 군더더기가 없어, 강을 바라보기
좋았다. 신길동은 지긋지긋하지만 원효대교가 가까운 건 참
좋아. 순지는 대교의 딱 중간 지점에서 사진을 몇 장 찍어
오픈채팅에 올렸다. 신길동 사람들 방의 멤버들은 순지의
밋밋한 사진에 별 반응을 하지 않았지만, 순지는 휴무일마다
꾸준히 한강을 찍어 전송했다. 신길동 사람들에게 순지가
보내는 유일한 메시지였다.

한강에는 괴물이 산다. 유영이 항상 속삭이던 말이었다.

무슨 괴물?

엄청 거대한데, 특히 꼬리가 크다. 그 꼬리로 사람들을
잡아간다.

잡아가서 어쩌는데.

강 밑에 괴물의 던전이 있다. 거기에다가 전부 다 데려다
놓는다.

왜?

그냥.

아니 왜 잡아가냐고.

유영이 주장하는 한강의 괴물은 별로 일관성이 없어
보였다. 어느 날은 눈에 잘 띄는 노란색 옷을 입은 사람을
잡아간다고 했다가, 어느 날은 가장 커다란 가방을 메고 가는

사람을 잡아간다고 했다. 어느 날은 그냥 아무나 잡아간다고
했다. 누굴 잡아가든 수영을 못하는 사람만 골라가서 던전에
다녀와본 사람은 아무도 없다고 했다.

외로워서 그럴 거다.

유영은 괴물 이야기 끝에 항상 이렇게 덧붙였다. 괴물은
원래 천 년을 사는데, 다른 괴물들은 다 죽고 혼자 남았기
때문에 외로운 거라고. 처음에는 사람들 앞에 나타나
나름대로 말을 걸었지만 다들 죽을 듯이 비명을 지르고
달아났기 때문에 이제 다 포기하고 냉큼 잡아가는 거라고
했다. 순지는 지금도 원효대교를 걸을 때면 그 생각이 났다.
양갱인지 도토리묵인지 저 밑바닥에는 괴물의 던전이 있고,
그 던전에는 사람들이 바글거린다. 던전에서 태어난 사람들은
강 위의 세계를 절대 알 수 없다⋯⋯.

순지는 난간을 잡고 강을 한참 들여다보았다. 강물 아래
무언가 꿈틀대는 것 같기도 했다. 자그마하게 물결이 이는
곳을 향해 고개를 내빼는 순간 알림이 울렸다. 월급이
들어오는 소리였다.

순지는 한강에서 시선을 거두고 입금된 금액을 살펴보았다.
일, 십, 백, 천, 만, 십만⋯⋯. 액정에 뜬 숫자가 이상했다.
순지의 손가락이 액정 위를 한참 서성였다. 예상한 것보다
한참 모자라다 못해 지난달 급여에서 반 토막이 났다. 저번
달보다 잘한 건 아니었지만 딱히 못한 것도 아니었다. 열
명 중에서 한 명, 딱 그 정도였다. 순지는 팀장에게 곧바로
문자를 보냈다.

－ 팀장님, 이번 달 급여가 잘못된 것 같습니다.

그리고 남은 커피를 단숨에 빨아 마셨다. 갑자기 들어온
냉기에 위가 살짝 아려왔다.

－ 아직 식사 중.

팀장은 빠르고 간결하게 그러나 질문에 대한 답은 없는
답문을 보내왔다. 순지는 원효대교를 마저 건너 유학서치로
향했다.

마침 점심시간이 끝나 엘리베이터가 빽빽했다. 엘리베이터의
모든 버튼이 빨갛게 빛났다. 한 층 한 층 멈추고 문이 열릴
때마다 전화벨 소리가 복도로 새어 나왔다. 빌딩 안에는
유학서치 말고도 다른 업체가 많았다. 대부분 전화응대가
주요 업무인 업체였다.

8층에서는 순지 혼자 내렸다. 유학서치의 상담사들은
아직 돌아오지 않은 듯했다. 순지만큼이나 사회성이 없는
사람 두어 명이 책상에 엎드려 있거나 인터넷 쇼핑을 하는
중이었다. 순지는 자기 자리에서 기다릴지 팀장의 자리에서
기다릴지 조금 서성이다가 팀장의 자리 근처에 섰다. 은행
앱을 켜고 다시 숫자를 확인했다. 메모장 앱을 열어 이번
달 실적도 확인했다. 계산이 안 맞았다. 이제부터는 통장도
나눠서 돈 관리를 제대로 해보려고 마음먹었는데, 나눌 돈이
없었다. 제습기에서는 자꾸 물이 새는 탓에 생활비 예산으로
제습기 구매 비용도 편성해두었다. 그러나 제습기는커녕
공과금과 월세를 내고 나면 똑 떨어질 금액이 월급으로

서고운

들어왔다. 어지러운 마음이 목구멍에 박혔다. 잘못 들어온 거겠지, 이번에 들어온 신입이랑 바뀌어서 들어온 게 아닐까, 걔는 정말, 정말 심각한 거 같던데. 순지는 파티션 너머에서 엎드려 자고 있는 신입을 바라보았다.

어, 순지 씨. 점심 때 어디 갔었어? 오늘 우리 새우 먹었는데. 왜 안 왔어.

팀장은 순지가 오늘 휴무라는 것도 모르는 눈치로 들어왔다. 순지는 자초지종을 설명했다. 오늘은 6일 만에 휴무라서 집에서 쉬고 산책을 하고 있었는데, 월급이 들어왔더라구요. 근데? 잘못 들어온 것 같아서요. 응? 얼만데?

팀장은 엑셀을 켜서 잠시 타닥거리더니 자세를 바꿨다. 그 금액 맞아, 순지 씨. 팀장은 의자에 등을 기대고 턱을 위로 들었다. 어디서부터 말해야 하냐는, 또 이러느냐는 모양새였다.

저 저번 주에 얘기했는데. 전담 고객이 현지 가서 일주일 이내에 환불받고 돌아오면, 페널티 있다고 했잖아. 순지 씨는 이번에 환불받고 돌아온 사람이 셋이나 돼.

지난달 마닐라에서 총격 사건이 일어났다. 대형 쇼핑몰에서 벌어진 일이었다. 마닐라의 쇼핑몰에 대해서는 박준수에게 들은 적이 있었다. 거기는 빈부 격차가 너무 심해요. 쇼핑몰에는 별별 명품이 다 있는데 차 타고 10분만 가면 쓰레기마을이 있어요. 쓰레기 같은 마을이 아니라, 진짜 쓰레기로 만든 마을이에요. 치안이 안 좋으니까 몰에 들어갈

땐 보안 검색을 하고 들어가요, 공항처럼. 총격범들은
정전을 틈타 보안 검색을 통과하고 총을 몇 방 쏴댔다. 약에
취했는지 별 강도 짓도 하지 않고 허공에 총질을 하다가
금방 제압당했다. 한국 뉴스에는 제대로 나오지도 않은
사건이었지만 순지가 보낸 일가족에게는 청천벽력 같은
소식이었을 것이다. 30대 후반의 젊은 엄마는 엉엉 울며
유학서치에 전화를 했다. 순지는 어쩔 줄 몰랐고, 팀장이
살살 달래보았지만 결국 이런 도시에서는 단 하루도 더 못
있겠다며 환불을 요구했다. 젊은 엄마와 일곱 살짜리 쌍둥이
아들은 이렇게 한국으로 돌아왔다. 마닐라 일가족의 환불
처리를 마치고 풀 죽어 있는 순지에게 박준수는 위로를
건넸다. 그럴 때도 있는 거죠. 순지 쪽으로 몸을 기울이고
박준수가 덧붙인 말을 순지는 기억했다. 한국 사람들 유난이
심해요. 나는 정말 안 맞아. 이 일도 이제 그만둘 때가 됐어요.
　순지 씨.
　네?
　또 말이 없네.
　팀장이 엑셀 시트를 주르륵 내렸다.
　요즘은 소셜한 것도 다 능력이야. 이거 봐, 이렇게 다
나오잖아, 숫자로.
　빨강, 파랑, 검정 숫자들이 뒤엉켜서 빠르게 지나갔다.
　조금만 더 싹싹하게, 똑 부러지게 해봐. 할 수 있잖아.
　순지는 네, 하고 돌아섰다. 유학서치를 빠져나와
엘리베이터를 타고, 수백 대의 전화통이 울려대는 건물을

　　　　　　　　　　　　　　　　서고운

벗어나 원효대교로 갔다. 군더더기 없는 다리와 한강 물이
그대로였다.

전화 받는 일을 한다는 사실 자체가 순지에게는 놀라운
것이었다. 말을 잘 못 붙이는 성정 탓인지 실적은 저조했고,
그것은 별로 놀랍지 않았다. 일한 지 벌써 반년이 다
되어갔지만 아직도 상담 전화를 몇 번 받고 나면 목부터 가슴,
어깨까지 빳빳하게 굳어져왔다. 그래도 순지는 성심성의껏
상담을 하려고 애썼다. 그냥 던져보는 게 빤한 문의에도,
괜히 심통을 부리는 게 분명한 문의에도, 순지는 항상
최선을 다했다. 종종 되도 않는 영어 단어를 읊조리며 유학
상담사가 왜 이런 단어조차 모르냐고 면박을 주는 사람도
있었다. 순지는 속이 부글부글 끓다가도, 결국엔 그 단어를
모른다는 게 진심으로 죄송해져서 숨이 차올랐다. 숨이 찰
때마다 순지의 입에서는 아…… 하는 소리만 나왔다. 그래서
같은 커리큘럼인데 뉴욕은 두 배라는 거잖아요. 아…….
대도시일수록 치안은 안 좋지 않습니까? 아……. 그럼 마닐라
말고 텍사스로 가라는 건가요? 텍사스 지사는 생긴 지 얼마
안 됐다면서요. 유학 상담사가 어떻게 에라스무스라는 말을
모릅니까? 아……. 순지는 온 마음으로 열심히 답을 찾고
또 찾았다. 마음이 커질수록 아 소리는 길어졌다. 평생을
신길동에서 살아온 순지는 신길동 바깥의 세상을 말하는 데
있어 좀 더 신중해야만 했다.
　유학서치에서의 첫 월급은 몇 년 전 편의점에서 주말

알바를 할 때의 급여와 비슷했다. 팀장은 첫 달에는 누구나 그렇다고 했다. 두 번째 달에는 12만원을 더 벌었다. 팀장은 순지 씨가 낯을 좀 가려서 그래, 시간은 좀 더 걸리겠지만 금방 배울 거야, 라고 했다. 세 번째 달에는 두 번째 달보다 8만원을 더 벌었다. 팀장은 준수 씨 하는 걸 잘 봐봐, 라고 했다. 그 후로 순지의 월급은 지금까지 딱히 오르지도 내려가지도 않았다. 팀장은 더 이상 말이 없었다. 토베이 아줌마는 그 무렵 순지에게 찾아왔다. 아줌마가 목적지를 순순히 몰타에서 토베이로 바꾼 날, 순지는 통화 내내 숨이 차지 않았다.

순지는 박준수가 하는 걸 항상 꼼꼼히 지켜봤다. 토베이 아줌마에게는 박준수가 들려준 이야기들을 그대로 전했다. 순지가 구글링을 하고 블로그를 뒤져 얻어낸 데이터보다는 박준수의 경험에서 나온 한마디가 절대적으로 유리했다.

집으로 돌아오는 길에 순지는 필리핀에서 돌아온 일가족과 토베이 아줌마를 생각했다. 그러느라고 곰팡이 젤을 사 오는 것도 잊고 말았다. 아줌마를 토베이에 보냈다면, 페널티의 타격이 이렇게 크진 않았을 텐데. 순지는 앉아서 토베이 아줌마를 생각하다가, 누워서도 생각하다가, 일어서서도 토베이 아줌마를 생각했다. 순지가 누우면 책상 밑에 핀 곰팡이가 보였다. 일어서면 천장에 핀 곰팡이가 보였다. 창틀 위쪽 곰팡이는 아침보다도 더 진해 보였다.

순지는 창가에 서서 핸드폰을 만지작거렸다. 넝쿨은

서고운

그새 방충망을 다시 돌돌 감았다. 엄지손톱으로 넝쿨을 꾹꾹 누르자 손톱 사이사이에 연두색 물이 들었다. 순지는 방충망을 열어젖혔다. 넝쿨이 튕겨 나가 대롱거렸다. 순지의 귀에는 필리핀에서 울며 전화하던 젊은 엄마와 굼뜬 목소리로 이것저것 묻던 토베이 아줌마의 목소리가 대롱거렸다. 순지는 눈앞의 줄기들을 홱 낚아채 바닥으로 던졌다. 정말 괘씸하다. 나는 정말 진심이었는데. 순지는 주소록에서 토베이를 검색했다. 아줌마로부터 문의가 끊긴 뒤로 몇 번이나 메시지를 보내봤지만 답은 오지 않았다. 개인 전화로 고객과 통화하는 것은 엄격히 금지된 일이지만, 토베이 아줌마가 궁금해서 미칠 것 같았다. 역시 사람은 나이가 들면서 염치를 잃어. 순지는 어느새 통화 버튼을 눌렀다. 이내 애달픈 노랫가락이 흘러나왔다. 요즘 유행하는 순지 또래의 트로트 가수였다. 돌아오지 않는다고 미워 말아요, 나 그대를 기다리며 걷고 있어요, 달이 뜨는 방향으로 걷고 있어요…….

여보세요? 노래가 끊어지면서 오랜만에 듣는 목소리가 나타났다. 역시나 굼뜬 목소리. 순지는 숨을 한 번 가다듬고, 안녕하세요, 고객님, 유학서치의 이수잔입니다,라고 인사했다. 잠시 정적이 흘렀다. 토베이 아줌마는 아, 네, 하고 웃었다.

무슨 일이세요?

네, 고객님, 연락이 없으셔서 걱정이 되어 전화 드렸어요. 통화 가능하신가요?

아줌마는 지금은 좀 바쁘다고 했다. 이것저것 친절하게 상담해주셨는데 죄송하다, 올해 아들이 장가를 가게

되어 정신이 없다, 아무래도 토베이에는 못 가게 되었다,
인종차별도 좀 걱정된다, 얼마 전에 또 테러 영상을 봤다,
이런저런 소리를 늘어놓았다. 순지는 그런 건 테러가 아니라
린치라고 한다는 것을 알려주고 싶었지만 꾹 참았다.

그리고 쏴아, 물줄기 소리가 났다.

아 차가워. 그 순간 창문에서 물이 후두둑 떨어졌다. 순지의
가슴팍이 다 젖어버렸다. 순지는 창문을 쾅 닫았다. 위층에서
또 넝쿨에 물을 주는 모양이었다. 사람이 염치가 없어도
이렇게 없나. 제대로 관리는 못할망정 아래층을 이렇게
곰팡이밭으로 만들다 못해 물바다로 만들고. 순지는 창가에서
한발 물러나 마음을 가라앉히고, 최대한 친절한 목소리로
다시 말을 꺼냈다. 저, 그러면요, 혹시 내년에……. 물소리가
계속됐다. 창문 너머가 아닌 전화기 너머에서 들리는
소리였다. 네, 네, 그럼요! 아줌마는 폭포 한복판에서 전화를
하는 듯 물소리를 헤집으며 건성건성 소리쳤다. 내년에
여유가 되면 가야죠! 그리고 물소리가 그쳤다. 창가에서
쏟아지던 물도 그쳤다. 어? 순지는 묘한 직감에 멍해졌다.
고마워요, 아가씨! 전화는 끊어졌고 순지는 전화기를 든 채
아주 천천히, 창문을 열었다.

설마.

순지는 306호의 문을 두드렸다.

누구세요?

저 206혼데요.

서고운

몇 초간 아무 소리가 들리지 않았다. 그래, 바보 같은 생각이다. 순지가 고개를 가로젓고 발걸음을 돌리려는 순간, 문이 빼꼼 열렸다.

늑진한 공기. 여름의 습도를 한데 모아 뭉쳐놓은 듯 뜨겁고 축축한 공기가 순지의 얼굴에 훅 끼쳤다. 엄청난 열기다. 순간 숨이 막혔다. 무엇이라도 튀어나와 순지를 잡아먹더라도 이상할 게 없어 보였다.

무슨 일이에요?

맹수 대신 몸을 내민 이는 오색찬란한 꽃무늬 원피스 앞섶이 다 젖은 중년의 여자였다. 여자는 문을 조금 더 열었고, 306호의 모습이 순지의 눈에 들어왔다. 풀이 가득했다. 키가 작은 풀, 키가 큰 풀, 아래에서 위로 자라는 풀, 위에서 아래로 자라는 풀……. 연한 초록, 진한 초록, 조금 붉은 초록, 푸른 초록, 온갖 초록색으로 차오른 방. 아니, 방이라고 할 수 있을까? 순지의 방은 옷장과 책상과 싱크대와 몸뚱이만 들어가도 가득 차는데, 이 아줌마의 방은 정글 하나를 통째로 옮겨놓은 듯 보였다. 장판에도 풀을 심을 수 있나? 벽에도 풀을 심을 수 있나? 풀들은 화분도 없이 태초부터 여기 존재해온 것처럼 기세가 등등했다. 방 깊은 곳에서는 서울에서 맡아본 적 없는 냄새가 올라왔다.

무슨 일이에요?

멍하게 선 순지에게 여자가 다시 물었다.

물이 너무 많이 떨어져서요.

아, 그렇구나, 미안해요, 조심한다고 했는데.

곰팡이도 많이 피고.

아이구, 어쩌나.

순지는 해야 할 말도 잊고 정글의 구석구석으로 눈을
굴렸다. 한구석에 놓인 냉장고의 문짝에는 사진엽서가
가득했다. 바다 사진, 해안 절벽 사진, 북적이는 펍과 맥주
사진. 순지가 하나하나 구글링해서 보낸, 토베이와 토베이가
아닌 어딘가의 사진들과 비슷했다. 아름다운 해안 도시
토베이가 빽빽한 정글 속에 박제된 채 젖어가고 있었다.

호주예요.

순지의 눈길을 발견한 아줌마가 말했다. 우리 아들이
호주에 있거든요. 아줌마는 냉장고를 향해 몇 발짝 걸었다.
늪 같은 바닥을 걷는데 아무 소리가 안 났다. 저 덩치에
저렇게 유령같이 걸을 수 있나. 무게를 빼앗긴 잠수함 같았다.
아줌마는 냉장고에서 사진 하나를 떼어 다시 유령처럼
걸어왔다. 순지가 처음으로 보냈던 토베이의 해안 절벽
사진과 똑같은 사진이었다. 여기는요, 우리 아들이 찍어다
보내준 사진인데요, 그런데 여기가, 아줌마는 물에 불어 다
번진 사진을 들고 수십 마디를 쏟아냈다. 호주치고 물가가
싸서 공부하러 가기도 좋고 해안 동네라 먹을 것도 많다고
했다. 아가씨는 호주 가봤어요? 어땠어요? 바닷가에는
가봤어요? 눅진한 목소리에 생기가 돌았다.

모르겠어요.

뭘를요?

안 가봐서요. 밖으로는.

그렇구나.

잠시 조용해졌다. 풀이 자라나는 소리가 들리는 것 같았다. 원효대교 아래 던전에서도 이런 소리가 나겠지, 너무도 고요해서 숨결이 움츠러드는 소리. 아줌마가 움켜쥔 사진엽서를 보며 순지는 유영의 호주를 상상했다. 가긴 간 걸까, 사람들은 왜 죄다 떠나고 싶어 하는 걸까.

곰팡이 때문에 왔다고 했죠.

아줌마는 침묵을 깨고 풀숲 어디선가 붉은 튜브의 곰팡이 젤을 찾아 왔다. 곰팡이 젤을 건네는 아줌마의 손가락에 풀이 가득했다. 자라나고 있는 걸까? 순지는 고개를 까딱하고 젤을 받았다. 안 되면 다시 와봐요. 아줌마는 들어가고, 문은 닫히고, 순지는 항상 친절히 감사해요, 라는 말을 기다렸지만 듣지 못했다. 순지는 닫힌 문에 대고 물었다.

토베이 아세요?

곧바로 숨이 차올랐다. 곰팡이 젤을 쥔 손으로 문을 두드렸다. 토베이 아시냐고요, 목소리를 조금 높여봤지만 아무런 기척도 없이 조용했다. 순지는 고개를 숙이고 숨을 골랐다. 요가나무가 알려준 대로 흉곽에 들숨을 가득 채웠다가 이 사이로 날숨을 천천히 내뱉었다. 적막을 헤치고 뱀 소리가 났다. 모든 공기를 뱉어낸 순지는 문 아래로 비죽 튀어나온 풀 한 줄기를 꾹 눌러 밟고 돌아섰다.

순지가 유영의 괴물 이야기를 들은 지 얼마 안 됐을 무렵, 정말로 한강에 사는 괴물이 나오는 영화가 개봉했다. 유영의

정글의 이름은 토베이

이야기와 똑같았다. 괴물이 사람들을 잡아다가 먹어 치우거나 가둬놓거나 그런다고 했다. 순지는 못내 아쉬웠다. 유영의 괴상한 이야기들은 유별난 만큼 재미가 있었고, 순지는 언젠가 유영이 『해리포터』 같은 책을 내서 돈을 많이 벌기를 바랐었다. 너, 억울하지 않아? 저 사람이 네 얘기 훔쳐 갔잖아. 순지가 묻자 유영은 괜찮다며 말했다. 내 얘기가 진짜라는 걸, 누군가는 아는 거다.

　순지와 유영은 고등학교를 졸업하고 드문드문 만나다가, 스물두어 살 무렵 함께 돈가스를 먹은 뒤로 보지 못했다. 유영은 호주에 간다고 했다. 어쩌다? 순지가 물었다. 돈도 벌고 영어도 공부하려고 간다. 유영이 답했고 순지는 입천장을 혀로 문질렀다. 튀김가루에 긁혔는지 살짝 따가웠다. 유영은 묻지도 않은 이야기를 이어가더니 돈가스에 소스를 잔뜩 찍어 바르며, 시드니가 다른 건 다 팔아도 돈가스는 안 팔 것 같다고 말했다. 순지는 일식당이야말로 전 세계에 다 있을 법한데 그런 것도 모르는 유영이 호주로 가는 게 이상했다.

　그런데 혹시. 어느새 마지막 돈가스를 찍어 들고 유영이 말했다. 봉준호보다 내가 먼저 영화를 냈으면 말이다. 유영은 말을 마저 잇지 않고 한참을 조용히 있더니 돈가스를 와앙 물었다. 순지는 문득 시드니에도 강이 있을까 궁금해졌다. 유영이라면 호주에 가서도 강에 얽힌 괴상한 이야기를 만들어낼 것이다. 그런 유영에게 순지는 인사를 건넸다.

　잘 다녀와.

　　　　　　　　　　　　　　　　　서고운

안 올 거다.

왜?

여기는 안 된다.

그럼 잘 가.

고맙다.

유영은 그렇게 사라진 뒤로 일 년에 두세 번쯤 모바일 쿠폰을 보내왔다. 어느 날은 커피였고 어느 날은 희한하게 생긴 무드 등이었고 어느 날은 편의점 할인권이었던가. 순지가 잘 지내? 하고 물어도 아무 대답도 없고 사진 한 장 보내는 법이 없었는데 쿠폰만은 꾸준히 보냈다. 순지는 문득 유영이 시드니가 아닌 신길동에 있는 것은 아닐까 하는 생각도 해보았지만 이내 고개를 저었다. 마지막 돈가스를 씹는 유영의 비장한 얼굴이 떠올라 금세 미안해졌기 때문이다.

호주에서 유영은 살고 있을 거다. 강가를 따라 이야기를 만들며 살고 있을 거다. 순지는 그렇게 믿었다. 결의에 가까운 믿음이었다.

306호 여자가 준 곰팡이 젤을 천장 구석구석 펴 바르자 벽지가 금방 희끗해졌다. 순지는 책상 아래에도 꼼꼼히 젤을 발랐다. 젤은 금방 동이 났다. 적어도 락스 값은 아꼈군. 순지는 맨바닥에 드러누웠다. 곰팡이 젤 냄새가 정수리까지 뚫고 들어오는 듯했다. 그래도 곰팡내보단 상쾌했다. 순지는 천장의 곰팡이를 올려다보았다. 벽지와 함께 곰팡이가 서서히

표백될 것이다. 그래도 영영 사라지진 않겠지. 벽지를 다 뜯어내고 곰팡이를 없애든지, 이 방을 떠나든지 해야 했다.

순지는 306호 아줌마의 눈동자를 떠올렸다. 눈의 모양은 기억이 나지 않는데 눈동자는 분명 녹색이었던 것 같다. 토베이 아줌마에게는 다시 전화를 하거나 메시지를 보내지 않기로 했다. 토베이 아줌마도 다시 문의를 해오지 않을 것이라 확신했다. 오히려 깔끔했다. 순지는 지금의 일을 조금 더 잘해야 할까, 아님 새로운 일을 알아보아야 할까 헤아렸다. 전화 받는 일을 잘 못하긴 했으나 잘하는 일이 딱히 떠오르는 것도 아니었다. 잘하는 일이 없는 데다 소셜하지 않은 사람을 받아주는 곳은 적다. 목덜미가 뻐적지근해 왔다. 순지는 눈을 감고 엽서 속 해안 절벽을 그려보았다. 벌써부터 청량한 바닷바람이 느껴졌다. 곰팡이 젤 냄새와 섞이니 한층 더 진짜 같았다. 역시 여긴 안 되는 걸까. 나도 시드니 같은 데로 가야 하는 걸까. 순지는 유영이 쿠폰 말고 이야기를 보내주기를 바랐다. 덜 유별나고 지루한 이야기일지라도, 유영이 떠드는 말을 아무 생각 없이 듣고 싶었다.

누운 채로 고개를 도리질했다. 뺨이 장판에 닿을 때마다 찐득거렸다. 고개를 돌리다가 책상 아래로 아까 보았던 희끗한 무언가가 반짝였다. 순지는 도리질을 멈췄다. 가만히 들여다보니 그것이 잃어버렸던 무언가도 아니고 순지의 것도 아닌 애매한 쪼가리임을 깨달았다. 새끼손톱보다도 작고 녹색이 되기에는 너무 희미한, 풀이었다.

순지는 풀을 후 불었다.

서고운

불고 나니 사라져 그만이었다. 순지는 기지개를 켰다. 일
센티만 더, 일 센티만 더. 다 뻗었다고 생각될 때 일 센티만
더. 순지는 눈을 감고 손가락을 저 멀리멀리 보내보았다.
곧게 뻗은 손가락이 정글로 가닿는 듯했다. 손끝은 순지의
정수리에서 아주 조금씩 멀어지고 있었지만 일 센티는
생각보다 길었다.

작가 노트

그러니까, 그럴 때가 있는 것이다. 그냥 비행기를 타고 싶을 때. 비가 많이 오는 날 비행기가 구름을 뚫고 올라가면 마시멜로 같은 세상이 펼쳐진다. 그러나 마음은 마음일 뿐. 현실은 언제나 끈덕져서 발을 떼기가 쉽지 않다. 올여름도 여느 때와 비슷하다. 비슷한 속에서 풀이 자란다. 계속 자란다. 나는 풀을 베기보단 그 옆에 또 심기를 선택한다. 씨앗을 심고 물을 준다. 그럼 무엇이든 자라나니까.

서고운

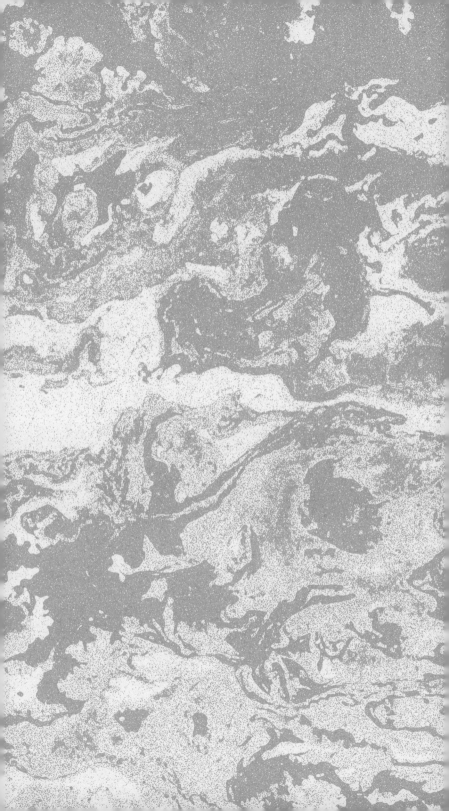

대체
근무

성혜령

단강에게 연구실에 불이 났다고 전해준 선배는 문장 끝에 습관처럼 느낌표를 붙이던 사람이었다. 조심히 들어가! 걔 진짜 쓰레기다! 그런 말들을 할 때처럼 선배는 새벽에 랩실에 불났대! 하고 문자를 보냈다. 문자를 확인하고 단강은 다시 눈을 감았다. 눈앞에서 불꽃이 튀었다. 연구실 안에 있는 수많은 화학물질이 각기 다른 발화점에서 색색으로 폭발하고 있었다. 한겨울 늦은 새벽이었기 때문에 연구실에 사람이 있었으리라고는, 특히 아내가 항암치료 중이라 자리를 자주 비우던 지도교수가 남아 있었을 줄은 아무도 생각하지 못했다. 불은 크고 작은 연쇄 폭발로 이어지며 연구동을 전소시킨 후에야 잡혔고 발화점으로 추정된 분석실에서 교수의 시체가 발견되었다.

교수의 장례식에는 병원에 입원 중인 아내도 미국에서 유학 중인 자식들도 오지 못했다. 직계가족으로는 아흔이 넘은 듯한 노모만 자리를 지키고 있었다. 눈꺼풀이 늘어진 눈을 천천히 깜빡이면 눈물이 조금씩 새어 나왔다. 교수가 외아들이라고 했다. 주변에서 사람들이 말을 걸어도, 물을 갖다 줘도 아무 반응 없이 눈만 깜빡였고, 어김없이 눈물이 나왔다. 졸업논문 심사를 앞두고 있던 선배들은 말없이 육개장에 소주를 마셨다. 고추기름이 겉도는 국물을 떠먹는 동안 단강의 머릿속에서는 쉬익— 펑, 하고 폭죽이 쉴 새 없이 터졌다. 단강은 생각했다. 그러고 보니 한 번도 불꽃놀이를 직접 본 적 없다고.

단강에게 대체 근무 자리를 소개해준 사람도 선배였다. 석사 휴학도 가능하대! 단강은 주말마다 수학·과학 전문 학원에서 강의를 하고 있었다. 지방 산업도시에 위치한 대학교의 대기환경 연구소에서 석사 과정을 시작하면서 근처에 방을 얻었는데 주말에 일을 하지 않으면 연구실 월급으로는 생활이 불가능했다. 2학기를 마치고 단강은 지도교수에게 상담을 신청해 휴학을 하고 싶다고 말했다. 교수는 이유를 물었고 단강은 쉴 시간이 필요하다고 답했다. 교수는 안경을 고쳐 올리며 주말에 뭐 하고요?라고 되물었다. 단강은 일을 한다고 말하려고 했다. 작은 학원에서 많은 일을 한다고, 집값이 비싼 동네라서 그런지 애들도 부모도 자기를 무시하는 것 같다고. 교수는 단강의 말을 기다리지 않고 말했다.

"힘들면 강이나 호수를 보러 가세요. 바다는 좀 멀고. 물을 보면 도움이 돼요."

단강은 교수의 두꺼운 면양말과 실밥이 터진 슬리퍼를 보고 있었다. 교수의 발이 이따금 까딱거렸다. 단강도 고개를 끄덕였다. 교수가 죽은 뒤 단강이 휴학을 하고 싶다고 했을 때 이유를 묻는 사람은 아무도 없었다. 선배가 소개한 일은 지방정부 산하기관의 행정보조 자리였고, 육아휴직 대체 근무로 1년짜리 단기계약이었다. 근무지는 자취방에서 버스로 30분만 가면 나오는 소도시에 있었다. 단강은 별 기대 없이 면접을 봤고 일주일 후에 문자로 합격 소식을 받았다.

성혜령

전임자는 단강에게 하루 동안 인수인계를 해주고 떠났다.
루틴에서 벗어나는 일은 거의 없어요. 사람들이 똑같은
질문을 반복하는 게 지겨울 수는 있지만. 전임자는 말했다.
단강은 일별, 월별, 분기별로 정리된 업무 보고를 보면서
똑같은 일을 1년, 2년, 3년 그리고 30년을 하게 된다면
어떨지 상상해보려 했다. 전임자는 출산 예정일을 6주
앞두고 있었고 팔다리가 말라서 크게 부풀어오른 배가
비현실적으로 보였다. 긴 머리를 느슨하게 묶었고 얼굴은
모든 곳이 둥글었다. 어디선가 본 적이 있는 것 같았는데
무난한 인상 때문인 듯싶었다. 단강의 주 업무는 대기오염과
관련된 화학물질을 다루는 공장과 시설의 각종 인허가 서류를
중앙기관에 제출하기 전에 검토하는 것이었다. 직속 상관은
사무관이었는데 그날 서울로 출장을 갔다고 했다. 전임자의
책상은 치울 것도 없이 깨끗했다. 전임자는 여섯 시가 되기
전에 아무에게도 인사하지 않고 사무실을 나갔다.

　점심은 주로 사무관과 단강의 옆 책상을 쓰는 남자와
먹었다. 남자는 화학안전 관리 조사원이라고 했고 사람들은
그를 김 조사관이라고 불렀다. 화학물질을 다루는 시설에
안전점검을 나가거나 사고가 일어나면 현장조사를 간다고
했다. 남자는 잘 관리된 몸을 자연스럽게 드러내는 셔츠와
청바지를 주로 입었다.

　아 거기, 엉망이었지. 사무관이 단강을 소개하며 석사

과정을 밟고 있는 연구소를 말하자, 남자는 그렇게 말했다. 남자는 또 말했다. 임 주임은 우리랑 밥 먹기 싫어서 따로 먹는데, 박 주임은 우리 같은 아저씨 둘이랑 밥 먹어도 괜찮겠어? 남자는 자기가 키가 작고 머리가 벗어지고 있는 사무관과 결코 똑같아 보이지 않는다는 걸 잘 알고 있었다.

사무실에는 여자들도 있었다. 낮은 이동식 가림막 너머 책상 네 개가 둘씩 마주 보고 놓여 있는데, 여자 연구원들 자리였다. 여자 연구원들은 일주일에 한두 번 단강을 남자들로부터 구해주려는 듯이 사내 메신저로 오늘은 우리랑 먹어요,라고 쪽지를 보내왔다. 모두 미혼이었고 영어를 잘했다. 일종의 해외팀으로 외국의 화학물질 관리에 대해 조사하고 수출 기업에게 알려주는 일을 한다고 했다.

처음 함께 점심을 한 날에는 한 연구원의 차를 타고 시 외곽의 저수지까지 나가서 파스타를 먹었다. 저수지 주변에 억새풀이 많아 가을에는 사람들이 많이 온다고 했다. 미세먼지가 심한 봄날이었고 물은 어두웠지만 반짝였다. 빈 나룻배가 물 위에서 잘게 흔들리고 있었다. 연구원들은 단강에게 일은 어떤지 물었다. 단강이 전임자분이 정리를 잘해주고 가서 괜찮다고 하자 운전을 했던 연구원이 다른 사람들과 눈을 한 번씩 마주치고 말했다. 인수인계는 잘해줬나 보네.

단강은 일에 금세 익숙해졌다. 일은 단조로웠지만 통제하기 편했다. 전임자가 처리했다 반려된 서류에서 누락된 사항이나 불일치하는 날짜들을 찾아내는 것도 만족스러웠다. 사람들도

성혜령

친절한 편이었다. 가끔 저수지까지 가서 터무니없이 비싼 점심을 먹는 것도 나쁘지 않았다. 일하면서 만난 사람들은 모두 깔끔한 옷을 입었고 삶도 크게 다르지 않은 것 같았다. 주름이 매끄럽게 정돈된 삶. 보풀이 인 옷은 버리고 새 옷을 살 수 있는 삶. 단강도 그런 사람들처럼 보이고 싶었다. 단기 계약직이더라도, 당분간은, 그런 삶을 누릴 수 있다는 것에 만족했다. 전임자가 돌아오기 전까지는, 잠시 착각할 수 있었다.

전임자가 돌아온다는 사실을 단강은 사무실에서 가장 늦게 알았다. 여자 연구원들과 함께 점심을 먹고 커피를 사서 사무실에 돌아오는 길이었다. 누군가 임 주임, 다음 주 출근 맞죠,라고 말을 꺼냈다. 단강은 처음 듣는 얘기였지만 모두 단강이 당연히 안다고 생각하는 듯했다. 단강은 대화에 끼지 않고 주의 깊게 들었다. 2주 전쯤 전임자가 사무관에게 따로 전화해 육아휴직을 조기 종료하고 복직하고 싶다고 밝혔고 벌써 다음 주에 출근하기로 되어 있다고 했다.

"출산한 지 이제 백일 좀 넘은 거 아닌가?"

누군가 말했다.

"독하다. 프로필에 아기 사진도 없던데."

다른 누군가 말했다.

"툭하면 조퇴하던 사람이 웬일이래."

또 다른 누군가 말했다. 단강 씨는 모를 텐데, 임 주임이 일을 단강 씨처럼 야무지게 못해. 우리랑은 겹치는 게 별로 없는데 사무관님이 그동안 힘들었을 거야. 단강 씨,

사무관님한테 뭐 들은 거 없어요? 누군가 단강에게 물었다. 곧 그들은 건물에 들어섰다. 다들 에어컨 바람이 약하다고 한마디씩 하느라 단강은 대답하지 않고 사무실까지 갈 수 있었다.

사무관은 그날 오후에 단강을 빈 회의실로 불러냈다. 이럴 줄 알았으면, 학원을 안 그만뒀지. 단강은 사무관과 마주 앉아서 생각했다. 단강은 연구실에서 석사학위를 딴 뒤, 대기오염 저감장치를 연구하는 기업에 들어갈 계획이었다. 단강이 초등학교에 들어가기 전에 부모가 이혼을 하면서 단강은 꽤 오래 외할머니네 집에 맡겨졌었다. 산자락의 작은 마을이었는데 근처에 굴뚝에서 흰 연기가 쉴 새 없이 나오는 비료 공장이 있었다. 단강은 거기서 기관지 염증성 천식을 얻었고 엄마의 집과 아빠의 집을 오가면서 학교를 다니는 동안 끈질기게 기침했다. 기침을 오래 하면 온몸의 근육이 뒤틀렸다. 어깨뼈, 목뼈, 골반까지.
　단강은 부모가 모두 반대했음에도 석사 학위를 얻고 싶었다. 대기업의 연구소에 들어가고 싶었다. 흰 가운을 입고 공장에서 내뿜는 매연 따위 맡아본 적도 없는 듯한 얼굴로, 그때 자기를 아프게 한 세상을 조금이라도 나은 곳으로 만들고 싶었다. 하지만 기관에서의 일이 나쁘지 않았다. 어쨌든 공공기관에는 권위라는 게 있었다. 지금은 임시직이지만, 전임자가 그렇게 무능하다고들 하니, 혹시 모르지 않나, 하는 생각도 들기 시작했다. 그런데, 전임자가

　　　　　　　　　　　　　　　　　성혜령

5개월 만에 돌아온다니.

사무관은 단강에게 전임자의 복귀 소식을 들었는지 물었다. 단강이 고개를 끄덕이자 사무관은 일이 그렇게 되었네요,라고 가볍게 말했다. 뭐, 크게 달라질 건 없을 거예요. 우리도 이런 일은 처음이지만 직책만 사무보조로 돌려놓은 거지. 단강은 고개를 끄덕이다 멈췄다. 그만두지 않아도 되나요? 사무관은 웃었다.

"요새 계약직 함부로 못 해."

일 어려운 건 없죠? 임 주임 오면 업무 분배 잘해달라고 하세요. 사무관이 먼저 일어났다. 감사합니다. 단강이 말했다. 사무관이 나가고 단강은 잠시 빈 회의실에 앉아 있었다. 휴대폰으로 광고 메시지를 지우다가 전임자의 메신저 프로필 사진을 찾아봤다. 여자 연구원들 말대로 아기 사진은 없었다. 프로필은 기본 이미지였지만 과거 사진들은 남아 있었다. 가장 최근 것은 해가 지는 바닷가에서 챙이 넓은 라탄 모자를 쓰고 흰 원피스가 바람에 부풀어 오른 실루엣이 담긴 사진이었는데 원피스 폭이 넓어서 임신 중인지는 알 수 없었다. 그 뒤는 유채꽃밭에서 마스크를 쓰고 선글라스까지 낀 채 찍은 사진이었고 그 사진을 넘기자 결혼 화보가 나왔다.

화보 속의 전임자 얼굴은 오히려 낯설었는데 그 옆에서 웃고 있는 남자의 얼굴을 단강은 알아보았다. 대기업 정유사로 들어간 연구실 선배였다. 단강은 선배의 결혼식에 갔었다. 결혼식에서 부인도 전공이 화학공학이라고 했고

공공기관에서 일한다는 말을 들었던 기억이 났다. 선배가
일하는 곳은 여기서 차로 세 시간은 걸리는 해안도시였다.
주말부부로 지내고 있는 걸까.

　선배는 단강이 연구소에서 첫 학기를 시작할 때 마지막
학기 중이었고 논문심사도 마친 후였다. 지도교수가
연구소에서 박사까지 하라고 제안했으나 거절했다는
이야기를 동기에게 건너 들었다. 단강은 그 선배를 담배를
피우지 않는 사람으로 기억했다. 열명 넘짓한 연구실
사람들은 대부분 담배를 피웠다. 같이 술을 마시다가 누군가
담뱃갑을 챙겨서 일어나면 하나둘 사라지고 단강과 그 선배만
남았다. 그들은 서로를 의식하지 않아도 된다는 듯 각자
휴대폰을 보면서 사람들이 돌아오기를 기다렸다. 선배가
취직과 동시에 결혼 소식을 알리고 청첩장을 전해주던 날에도
사람들은 담배를 피우러 일어났다. 역 근처 이자카야였고,
구석 테이블에서 혼자 사케 한 병을 놓고 마시던 여자를
제외하면 가게에는 아무도 없었다. 단강은 늘 그랬듯
휴대폰을 보면서 시간이 지나가기를 기다리고 있었는데 바람
빠지는 듯한 웃음소리가 들렸다. 선배였다. 선배가 휴대폰을
보며 숨을 삼키듯 웃고 있었다. 선배의 웃음은 좀처럼 그치지
않았다. 미친년. 웃음 끝에 선배는 그렇게 말했다. 선배의
결혼식에서 어깨를 드러낸 드레스를 입은 신부를 보면서
단강은 선배가 어떤 사람인지는 잘 모르지만, 그날 무해한
이야기를 보고 웃었기를 바랐다.

　　　　　　　　　　　　　　　　성혜령

전임자의 복귀 전날 사무실 사람들은 조용히 이야기했다.
전임자의 아기가 죽었다고. 조기 복귀 사유서를 본 사람이
있었다. 사유란에 영아 사망이라고 적혀 있었다고 했다.
그날 점심 단강은 연구원들과 함께 구내식당을 갔다.
"가끔, 아기들이 죽기도 하더라고요. 아무 이유 없이."
누군가 말했다. 정말 아무 이유가 없을까. 다른 누군가
말했다. 우리가 알지 못할 뿐, 이유야 있겠지. 아기가 언제
죽었을까요. 임 주임 임신 초기에 되게 고생했는데. 한번은
하혈한다고 중간에 사무관님께 보고도 없이 바로 병원
갔었잖아. 사실 임신 기간 내내 몸이 좋았던 적이 없었지.
당일 연차도 자주 쓰고…… 안됐다. 안됐네요. 무서운 일이네.
좀 더 쉬어야 할 것 같은데. 쉬는 게 본인에게도 좋을 텐데.

단강은 쓰던 책상을 다시 임 주임에게 내주었다. 임 주임의
책상 맞은편에 서류가 쌓인 빈 책상이 있었는데 단강이 거기
있는 서류를 정리해서 서고에 넣고 먼지 쌓인 책상을 닦아서
써야 했다. 임 주임은 리넨 원피스에 얇은 카디건을 걸치고
아홉 시 조금 넘어서 사무실에 들어왔다. 김 조사관은 자리에
없었다. 임 주임은 단강에게 가벼운 눈인사만 하고 사무관
자리로 가 목례를 한 뒤 자리로 돌아왔다.

그날 임 주임은 점심시간이 시작되기 전에 먼저 자리에서
일어났고 모두가 사무실에 복귀한 후에 들어왔다. 사무관이
분배한 서류 처리를 단강은 미리 끝내놓았는데 임 주임은

그 주가 지날 때까지 마무리하지 못해서 단강이 나눠
가져가야 했다. 단강이 일을 거의 다 처리했을 때는 2주가
지나 있었고 임 주임은 하루에도 몇 번씩 자리를 비웠다. 임
주임은 점심에 혼자 먼저 나갔고 김 조사관은 장기 출장 중인
듯했다. 사무관의 차를 타고 생선구이집으로 갔다 돌아오는
길에 단강은 말을 꺼냈다. 사무관이 오늘도 고등어를 굽느라
미세먼지에 일조했네,라고 농담을 꺼내서 단강이 짧게 웃은
후였다.

　"저, 임 주임님은 업무 복귀를 천천히 하시는 건가요?"
　"임 주임이 지금 정신이 좀 없을 거야. 좀 기다려봐요. 내가
얘기는 해 놓았으니까."

　사무관은 단강이 이런 이야기를 꺼낼 줄 알았다는 듯
단숨에 말했다. 단강은 한 분기가 지나가는 동안 임 주임이
돌아오기 전과 마찬가지로 일했다. 임 주임은 문의 전화가
오면 단강에게 돌렸다. 사무실 사람들은 필요한 서류가
있으면 단강에게 물어봤다. 사무보조라는 직책을 달고 실무는
모두 단강이 하고 있었다. 임 주임은 여전히 자리를 자주
비웠고 단강의 뒤를 지나갈 때면 모니터를 흘깃 보고 갔다.
여자 연구원들과 밥을 먹으면서 단강은 말했다. 일하러 온
사람 맞는지 모르겠어요. 이래서 사람들이 공무원들이 세금
받고 아무것도 안 하는 줄 아는 거 아닐까요? 연구원들은
단강의 말에 고개를 끄덕였지만 평소와 달리 임 주임에 대한
말을 덧붙이지는 않았다.

　　　　　　　　　　　　　　　　　　　　　성혜령

다음 날 단강은 점심을 혼자 먹었다. 사무관은 회의에 들어갔다 사무실로 돌아오지 않았고 여자 연구원들은 단강에게 점심 맛있게 먹으라는 인사를 평소같이 건넨 뒤 몰려나갔다. 임 주임은 열한 시쯤부터 자리를 비우고 점심시간까지 돌아오지 않았다. 단강은 구내식당에서 묽은 된장국에 마른 생선과 밥을 먹고 건물을 한 바퀴 돌았다. 건물 뒤편에 작은 공원이 있었다. 석조 분수대가 꽤 크게 있었는데 물 절약 공문이 내려온 이후로 가동하지 않았고 빗물이 고였다가 마르곤 했다. 여름이면 고인 물에서 썩은 냄새가 심하게 나서 사람들이 아무도 오지 않는 곳이었다. 단강은 그 냄새에 이끌렸다. 냄새가 있다는 것은 공기 중에 화학적 분자가 있다는 뜻이었다. 아무것도 없는 것보다는 무엇이라도 있는 게 좋지 않나.

원형 분수대 안쪽에서 누군가 통화 중이었다. 단강은 뒤돌아 가려다 잠시 반대편에 앉아서 귀 기울였다. 임 주임이었다.

"응, 같이 먹었지. 다 먹었어. 지금 커피 사러 잠깐 나왔어. 응, 오빠도."

통화는 짧게 끊어졌다. 그리고 임 주임이 먹은 것을 게워내는 소리가 들렸다. 요란한 소리도 신음도 없이 단조롭게 음식이 식도를 거슬러 올라 밖으로 쏟아져 나오는 소리뿐이었다. 달고 시큰한 냄새가 분수대 너머를

돌아 단강에게도 닿았다. 단강이 최대한 소리를 내지 않고
돌아가려는데 임 주임의 목소리가 들렸다.

"우리 남편이랑 같은 연구소에 있었다면서요."

단강은 그대로 분수대에 엉덩이를 걸치고 앉았다. 임
주임도 단강 쪽으로 오지 않았다.

"네, 그러고 보니 저희 교수님 장례식장에서 못 뵀네요."

단강은 지도교수의 장례식 날 선배를 보지 못했다는 게
갑자기 생각나 말했다.

"단강 씨, 아내가 임신 중인 사람이 장례식을 어떻게 가요."

임 주임이 단강을 꾸짖듯 말했다. 마치 그렇게 조심한
덕분에 모든 것이 잘 흘러가 건강한 아기와 함께 행복한
가정을 누리고 있는 사람처럼.

"단강 씨 혹시, 윤주영이라는 사람이랑 친해요?"

단강에게 일을 소개해준 선배였다.

"그런 편인 것 같아요."

"어떻게 생겼어요?"

"네?"

"생김새요. 얼굴이랑 키, 체형이 어떻냐구요."

"생각해본 적이 없어서……."

단강에게 윤 선배는 목소리가 높고 언제나 무언가를
하고 있는 사람이었다. 끊임없이 사람들이랑 약속을 잡고,
후배들에게 밥을 사주려고 하는 사람. 어머니가 부동산을
오래 하셨고 건물도 몇 채 있다는 이야기를 누군가로부터
들었다. 단강이 그 사람에 대해 기억하는 것은 이런

성혜령

것들뿐이었다. 선배의 얼굴도 바로 떠오르지 않았다.

"키 커요?"

"보통이요."

"눈은 커요?"

"크지도 작지도 않아요."

"단강씨는 제가 한심해 보여요?"

단강은 오히려 그 질문을 되돌려주고 싶었다. 내가 얼마나 만만해 보이면 이런 질문을 하는 거지? 내가 단기 계약직이고 다시 볼 일 없다고 생각하니까 뻔뻔하게 나한테 자기가 어떻게 보일지 신경 쓰는 척도 안 하고 이런 수준 낮은 질문을 할 수 있는 것 아닌가? 단강은 윤 선배와 임 주임의 남편이 된 선배가 사귀었다는 것을 그들이 이미 헤어진 후에 알았다. 단강은 어떤 소문이나 소식에 항상 늦는 편이었다.

단강이 대답하지 않자 임 주임도 말이 없었다. 다시, 임 주임이 토하는 소리가 들렸다. 무심코 컵에 든 물이 쏟아지는 것처럼 무언가 아무런 저항 없이 주르륵 쏟아지는 소리가 났다. 아주 오랫동안 되풀이된 일처럼 안정감마저 느껴지는 소리였다. 단강은 어쩔 수 없이 그 소리와 냄새를 향해 분수 반대편으로 다가갔다.

임 주임이 분수대 안으로 노란 위액을 게워내고 있었다. 단강은 임 주임의 등을 둥글게 쓸어내렸다. 등뼈의 마디가 만져졌다. 임 주임은 단강을 보지도 않고 몸을 더욱 움츠렸다.

"점심시간마다 여기 오세요?"

단강이 물었다. 임 주임은 아무 말없이 입을 손등으로

닦아냈다.

"저도 들은 얘기지만, 힘들 땐 물을 보면 좋대요. 이런 더러운 물 말고요. 강이나 바다 같은."

"그런 말을 믿어요?"

임 주임이 약간 쉰 목소리로 물었다.

"물론 안 믿죠."

임 주임과 단강이 맥없이 웃었다.

～～～

오랫동안 자리를 비웠던 김 조사관이 얼굴 한쪽에 큰 거즈를 붙이고 돌아왔다. 사무장의 차를 타고 셋은 저수지가 보이는 칼국숫집에 갔다. 김 조사관은 암모니아 탱크 누출로 연쇄 폭발 사고가 일어난 화학비료 공장에서 사다리에 올라 라이다로 탱크 내부의 3D 스캐닝을 하던 중에 넘어졌다고 했다.

"제가 손에 비싼 라이다 장비를 들고 있었거든요. 보통 그런 상황에서는 팔을 받쳐서 상체가 바닥에 닿기 전에 보호하는데 저는 장비가 깨질까 봐 제 몸을 던진 거죠."

김 조사관은 진심으로 자신이 자랑스럽다는 듯이 한쪽 입꼬리를 끌어올렸다. 산재 처리가 완료되면 사고에 대한 후유증을 사유로 유급휴가를 쓸 계획이라고 말하며 칼국수를 후후 불었다. 그리고 입을 크게 벌리는 게 불편하다며 면을 한 가닥씩 빨아들였다. 면이 입술에 부딪치며 국물을 튀기고

성혜령

올라가는 모습을 단강은 물끄러미 보다가 입맛을 잃었다.

단강은 자주 점심을 혼자 먹고 분수대로 갔다. 낙엽이 분수대의 고인 물에 까맣게 젖어서 떠다니고 바람이 차가워졌는데도 분수대 뒤편에는 거의 항상 임 주임이 있었다. 단강은 임 주임의 반대편에 앉아서 휴대폰으로 뉴스를 보거나 가끔은 충동적으로 옷이나 책을 샀다. 임 주임도 단강도 아무 말도 하지 않고 앉아 있다 서로 다른 시간에 일어나곤 했다. 하지만 임 주임이 토할 때마다 단강은 자리를 피하는 대신, 임 주임의 등을 쓸었다. 뾰족한 등뼈에 손바닥이 찔리면서도.

바람이 거세진 아침, 사무관이 단강과 임 주임을 불렀다. 임 주임과 단강이 나란히 사무관 책상 옆에 섰다. 김 조사관이 맡았던 폭발 사고 현장에 하루 출장을 다녀와야 할 것 같다고 했다. 누락된 보고서가 있다고 했다. 아무래도, 혼자 가는 것보다는 둘이 가는 게 낫겠죠? 요새 둘이 친해 보이던데. 사무장이 말했다. 단강은 사무장의 말에 기분이 나빠졌다. 자기가 이 사무실에서 임 주임과 같은 취급을 당하고 있다는 말이나 다름없었다. 단강은 여전히 임 주임이 해야 할 일까지 하고 있는 데다가, 이제는 임 주임의 등을 쓸어주기까지 하는데도, 같은 취급이라니. 임 주임은 별말 없이 고개를 끄덕여 보였다. 그리고 출장비와 교통편, 챙겨가야 할 장비 등 사무적인 것들을 묻기 시작했다. 누가 보면 일을 열심히 하는 사람 같았다.

단강과 임 주임은 버스를 두 번 갈아타고 시 외곽의

대체 근무   105

공업단지로 갔다. 김 조사관이 누락한 점검표를 작성하고
사후관리를 확인하고 오면 되는 간단한 업무였는데도 임
주임을 혼자 보내지 않은 것은 임 주임이 못 미더워서라고
단강은 생각했다. 단지는 단강이 생각하던 모습과 달랐다.
막연히 시멘트 벽과 굴뚝을 떠올렸는데 새로 조성된 단지에는
흰 외벽의 말끔한 건물들만 늘어서 있었다.

　화학비료 공장은 외벽에 꽃과 과일들과 땀을 닦는 농부들이
그려진 벽화까지 있었다. 다만 마스크를 쓰고 있었음에도
공업단지 입구부터 매캐한 냄새가 나는 듯했다.

　큰 문을 지나 부지 안으로 들어가니 양복을 차려입은 젊은
남자가 기다리고 있었다. 남자는 허리를 굽혀 인사했다.
기록 보면 아시겠지만, 저희는 모든 규정을 잘 준수했는데,
사고라는 게 생기려면 생기는 거더라고요. 남자는 말을 길게
늘이며 그들을 공장 안으로 안내했다.

　비료 공장의 내부는 깨끗한 외벽과 달리 그을음과 재와
분말과 습기가 공기에 엉겨 있어서 앞도 잘 안 보일 정도였다.
단강의 생각보다 큰 폭발이었던 것 같았다. 단강이 서류를
작성하고 남자와 이야기를 나누는 동안 임 주임은 그들로부터
한 발자국 떨어져 있었다. 남자와 인사를 하고 공장을
나오는데 임 주임이 허리를 숙였다. 그리고 급히 화장실을
찾았다. 화장실이 있는 공장 사무실로 단강이 앞장서 가고
있는데 임 주임이 뒤편으로 뛰어갔다. 단강은 임 주임을
쫓아갔다. 단강은 임 주임이 먹는 것을 한 번도 본 적이
없는데도 매번 무언가 나온다는 것이 믿기 힘들었다.

　　　　　　　　　　　　　　　　　　　　　성혜령

"그만해요."

임 주임이 단강에게 말했고 단강은 등을 쓸던 손을 멈췄다. 임 주임은 주저앉은 채로 고개를 계속 숙인 채 말했다.

"임신했을 때부터 계속 이랬어요. 나중엔 일부러 했어요. 내 몸이 변하는 게 싫어서. 지금은 멈출 수 없게 됐는데 내 탓이니까 괜찮아요."

단강의 손으로 임 주임이 숨을 들이쉬고 내쉴 때마다 부풀어 오르는 마른 등이 느껴졌다. 단강은 무슨 말인가 하려고 했다. 교수가 했던 것보다는 쓸모 있는 위로를, 실체 있는 말을. 하지만 아무 말도 떠오르지 않았다. 단강은 폭죽 터지는 소리를 들었다. 임 주임의 숨이 조금 잦아들었을 때, 캡을 쓴 젊은 남자가 주위를 서성이다 다가왔다. 그는 김 조사관도 함께 오셨냐고 물었다. 김 조사관은 없는데, 무슨 일이세요? 단강이 물었다. 남자는 공장에서 일하는 사람인데, 사고에 대해 할 말이 있다고 했다. 임 주임이 일어서서 남자를 쳐다봤다. 사고에 대해 조사관님들이 아셔야 할 게 있습니다. 남자는 단강과 임 주임을 마주 보도록 공장 담벼락에 몸을 바짝 붙이고 선 채 말했다.

"이건 사고가 아니라 테러입니다. 사고 날 당직을 선 외국인이랑 저는 같은 기숙사 방을 씁니다. 그 친구의 이름은 모하마드입니다. 이름에서 짐작하시겠지만 무슬림이죠. 그는 지령을 받고 한국에 온 이슬람 극단주의 단체 회원입니다. 그날 암모니아 탱크에 무언가 조작을 하려다가 실패한 바람에 폭발한 겁니다. 단순한 실수가 아니에요. 저는 그 친구를 계속

주시하고 있었습니다."

"증거 있어요?"

임 주임이 물었다. 남자는 휴대폰을 꺼냈다. 그 친구가 다른
외국인 친구와 주고받은 대화를 제가 몰래 녹음한 겁니다.
자기 나라말로 하고 있어서 제가 직접 그 나라 말을 하는
한국인에게 음성을 번역해달라고 부탁했고 번역 내용은 여기
문서로 저장되어 있으니 메일로 바로 보내드릴 수 있습니다.

남자는 휴대폰을 임 주임에게 건넸다. 단강은 남자가
헛소리를 하고 있다고 생각했다. 임 주임은 휴대폰 화면을
보고 말했다.

"이게 어떻게 그 외국인이 테러리스트라는 증거가 되죠?"

"보세요. 전부 한국에 대한 부정적인 말과 욕뿐이잖아요."

임 주임은 휴대폰을 남자에게 돌려줬다.

"일단 알겠어요. 보고할 테니 돌아가보세요."

"거짓말하지 마세요."

남자의 목소리가 날카로워졌다.

"김 조사관님에게도 제가 누누이 말했었는데 아무도 신경
쓰지 않은 거 다 압니다."

"그럼 어떻게 할까요? 경찰 불러드려요?"

"정말 이해를 못 하시네요."

남자가 머리를 벽에 쿵쿵 찧기 시작했다.

우리나라 경찰이, 쿵, 어디 경찰입니까? 저 같은 사람, 쿵,
말을, 쿵, 누가 들어줄 거 같아요? 머리 찧는 소리가 점점
커지고 빨라졌다. 단강은 임 주임의 얼굴을 살폈다. 공기가

점점 탁해졌다. 어디서 매캐한 냄새가 퍼졌다. 멀리서 사이렌 소리가 들려왔다. 소리는 점점 가까워졌다. 제가, 저한테, 해, 준, 것도, 없는, 나라를, 위해, 이렇게, 이렇게까지, 해야, 하는, 이유, 가, 없어, 요, 단지, 선의, 로, 선의, 로, 이렇, 게, 정보, 를, 모으고, 제, 돈, 으로, 번역, 도, 맡기고, 네, 아무도, 신경, 을, 쓰지, 않으니, 도대체, 어떻게, 되는, 거죠, 이, 나라, 는.

단강은 임 주임의 팔을 잡아끌었다.

상대할 필요가 없는 말이었다. 세상에는 이상한 사람이 많고, 어쩔 수 없이 이상한 일을 겪기도 한다고, 단강은 생각했다. 임 주임은 돌 같았다. 단강이 아무리 당겨도 미동 없이 서 있었다. 단강이 팔을 놓자 임 주임은 천천히 손을 뻗어 남자의 뒤통수와 벽 사이에 대었다. 남자의 머리가 임 주임의 손에 닿았다 멀어지고, 또 닿았다, 멀어졌다. 한동안 남자는 자기가 머리를 벽이 아니라 손에 찧고 있다는 사실도 눈치채지 못한 듯했다. 천천히 왕복운동을 하던 남자가 벽 아래로 미끄러졌다. 남자는 휴대폰을 임 주임에게 건넸다. 한 번만, 자세히 봐주세요. 여기에 모든 정보가 다 있어요. 임 주임은 빨갛게 부은 손으로 남자의 휴대폰을 받았다. 네. 임 주임은 그렇게 말했다.

단강은 처음으로 임 주임이 괜찮기를 바랐다.

일자리를 열심히 찾아보던 때, 육아휴직 대체 근무를 구하는 공고를 보았습니다.

일 년 단기 계약 자리였는데 가장 먼저 든 생각은 육아휴직을 떠난 분이 부럽다,는 것이었습니다.

그 분은 정규직일 테니까요. 저에겐 없는 안정감을 가지고 있는 것 같아서요.

저는 당연히 그 분을 모르고, 그 분이 어떤 삶을 살고 계시는지도 전혀 알 수 없는데도,

함부로, 부러워했습니다.

그런 부끄러운 마음에서 소설이 시작되었습니다.

만약 육아휴직을 떠난 사람이 돌아온다면, 그 사람의 삶이 흔히 생각하는 것처럼 안정적이지 않다면 어떨까.

늘 그렇듯, 과연 제가 이 이야기 속 인물들을 잘 알고 있는지, 잘 그려냈는지 모르겠습니다.

그럼에도 읽어주시는 분들께는, 감사한 마음뿐입니다.

성혜령

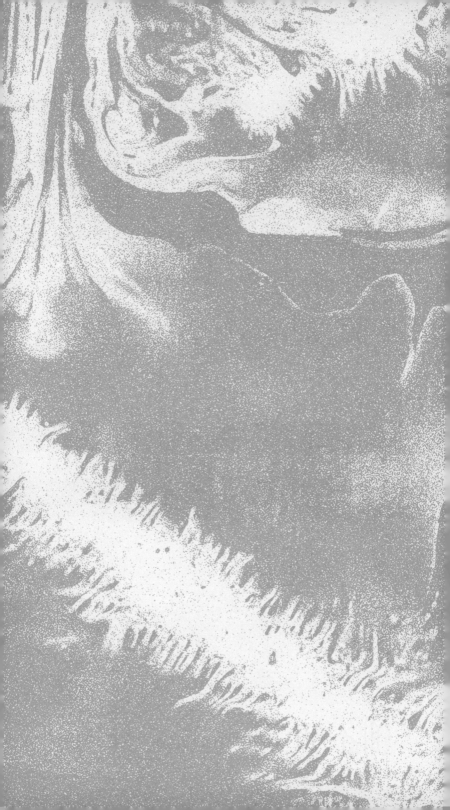

통신광장

예소연

영화 〈접속〉의 주인공 수현과 동현은 채팅을 통해 처음
만나게 된다. 84년 당시 천리안을 통해 처음 전자사서함을
개설할 수 있었고 이후 96년도 유니텔이 서비스를 시작했다.
　윈도우에 적합한 유니텔은 금세 많은 사용자를 보유했으며
지금까지 남아 있는 유일한 2세대 PC통신 서비스이다.
영화 〈접속〉이 97년도에 나왔고 수현과 동현은 그때부터
유니텔 통신광장을 통해 대화를 나눴으니 얼리어답터라고
할 수 있다. 또한 그 시절에는 사용 시간만큼 전화 요금을
부과했기 때문에 통신비 십만 원은 우스운 정도였다.
동현이 수현과 채팅을 하는 장면을 자세히 살펴보면 컴퓨터
옆에는 늘 꽁초가 쌓여 있다. 그만큼 컴퓨터 앞에 앉아 있는
시간이 많았다고 가정한다면 동현은 통신비를 아끼지 않는
사람이라는 걸 알 수 있다.
　말하자면 나는 포털사이트 세대이다. 열 살쯤 처음으로
주니어 네이버에 가입한 것이 내 최초의 통신 경험이다.
아빠는 나를 무릎 위에 앉혀두고 아이디를 만들어주었다.
지금까지도 그 아이디를 사용한다. 지금 나는 전 세계에서
유저들이 가장 많은 숙박사이트의 모바일 상담원으로
근무한다. 채팅을 통해 각국 사람들의 컴플레인을 매뉴얼대로
해결하고 본사의 입장을 최대한 친절하게 설명한다. 보통
화상 카메라를 켜놓은 채로 집에서 업무를 한다. 팀장은
하루에 한 번씩 불시로 직원들에게 원격제어를 걸어 일을
제대로 하고 있는지 확인한다. 문제 처리 건수는 하루에
80개를 채워야 하는데, 그래서 말꼬리를 물고 늘어지는

고객이 있으면 그날 하루는 최악이다. 하루에 80명이 넘는 사람과 대화를 나누면서도, 최대한 탄력적으로 일하는 것이 목표이기 때문에 일일이 대응하는 데는 한계가 있다.

영화 속 수현 또한 나와 비슷한 직업을 가지고 있다. 다만 통신 방법이 다르다. 쇼핑몰 회사에서 텔레마케터로 일하는 수현은 주로 전화로 문제를 해결한다. 애인에게 줄 선물을 고민하는 남자에게 이런저런 이벤트를 권할 정도로 다정한 사람이다. 안구건조증이 심해 식염수를 시시때때로 넣어야 하는 사람이기도 하다. 수현은 어떤 상황에서도 온 마음을 다한다. 짝사랑하던 기철을 만나러 포항까지 비행기를 타고 갔다가 키스를 한 뒤 달아나 택시를 탄다. 그리고 말한다. 서울이요. 수현은 얼리어답터인 동시에 택시비 따위로 선택을 바꾸지 않는 사람임이 틀림없다.

여인2와 해피엔드.

수현과 동현의 유니텔 아이디였다. 유니텔은 포털사이트로 전환되었고 여전히 열려 있다. 2010년 이후 신규 가입은 불가능했지만 나는 기존 플래티넘 유저들을 추적해서 수현과 동현이 사용하던 아이디가 아직 남아 있는 것을 확인했다. 동현의 계정 비밀번호 숫자 네 자리를 알아내어 통신광장에 접속했다. 통신광장에서 그들은 영원히 여인2와 해피엔드로 남아 있었다. 나는 해피엔드의 계정으로 접속해 여인2와 대화한 기록들을 빠짐없이 훑었다. 여인2는 통신 용어를 꽤 자주 썼다. 해피엔드가 대화방에 입장하면 안냥 혹은 어솨여,라며 인사를 건넸다. 또 여인2는 해피엔드가 술에

예소연

취해 채팅을 하면 단번에 알아차렸다. 그러면서 도사가
되면 글자에서도 냄새가 난다고 했다. 나는 종종 왜 수현은
도사이면서도 글자 냄새를 맡지 못하고 피카디리 앞에서
오지 않을 동현을 기다렸을까 생각했다.

업무 시간이 끝난 지 오래였지만 일본인 한 명이
계속해서 이미 숙박한 숙소에 대해 환불을 요구하고 있었다.
바퀴벌레가 나왔다는 이유에서였다. 나는 이미 숙박한
숙소에 대한 환불은 어렵고 호스트가 바퀴벌레 박멸에 대한
조치 계획을 보내오면 그걸 송부해 주겠다고 전달했다. 십
퍼센트 숙박 할인권과 함께. 그러자 일본인은 두려웠단
말을 반복적으로 사용하며 두려웠던 것에 대한 조치를
취해달라고 했다. 나는 그 일본인에게 먼저 두려웠다는
것에 대한 진심 어린 사과를 전한다고 전달한 뒤에 본사와
연락한 다음 다시 연락을 드려도 되겠냐고 물어보았다.
그러자 일본인이 마지못해 알겠다고 하며 대화를 종료했다.
그 순간 노트북에서 익숙한 전자음이 들렸다. 통신광장의
알림음이었다.

귀하에게 수신된 편지가 있습니다.

여인2: 잘 지내셨죠.

여인2가 짧은 인사와 동시에 나를 대화방에 초대했다.

여인2: 그거 알아요?

여인2: 난 우리가 다시 통신할 줄 알았어요.

망설이다가 여인2에게 답장을 보냈다.

해피엔드: 당신 누구죠?

여인2: 저는 수현이었던 사람이에요.

나는 한참을 망설이다가 대답했다.

해피엔드: 저는 동현이었던 사람은 아닌데요.

여인2: 하지만 당신이 해피엔드인 건 확실하니까요.

나는 여인2가 정말 수현이라고는 생각하지 않았다. 다만 나는 그게 누구인지는 몰라도 어쨌든 여인2를 만나기 위해 유니텔에 접속했다. 여인2도 마찬가지인 것 같았다. 닫힌회로에 전류가 흐르듯 그곳엔 영원히 잔류하는 존재들이 있을 거라고 생각했다. 오류들은 나름의 질서를 지닌다. 전화회선의 잡음 속도가 일정하듯. 교차하고 파괴하고 분절되고 굴절되며 끊어지고 이어지는 오류들의 자기 유사성. 말하자면 여인2는 오류이다. 나 또한 오류이기에 우리의 만남은 오류가 오류를 만난 셈. 어느 네덜란드 출신의 건축가는 모니터가 창문의 대용품이라고 했다. 실제 삶은 늘 실내에서 이루어지고 가상공간은 아주 훌륭한 야외 공간이라고. 나는 그렇게 생각하지 않는다. 실제 삶은 늘 가상공간에서 이루어지고 우린 때때로 창문을 통해 현실 공간을 환기한다. 그러니까 창문은 창문일 뿐이고. 모니터 속 그래픽은 삶의 터전인 셈. 오류가 오류를 만난 셈이지만 다른 말로 하면 그게 바로 시작이니까.

예소연

나와 여인2는 온종일 연락을 주고받게 되었다. 주로 광장을 통해 통신했지만, 종종 전자메일을 사용하기도 했다. 여인2에게는 더 벨벳 언더그라운드의 앨범이 없었지만 나에게는 있기 때문이었다. 더 벨벳 언더그라운드의 앨범은 영화 〈접속〉의 배경음악으로 사용되었다. 나는 오래전 직거래로 그 앨범을 구매했다. 판매자는 처음 구매했을 당시 이름을 적어둔 것 때문에 꽤 싼값에 넘겨주었다. 나는 여인2에게 직접 녹음한 음악 파일을 전자메일로 보내주었다. 여인2는 노래를 듣다 보면 내 숨소리도 가끔 들린다고 했다. 그게 꼭 노래의 일부처럼 들려 더 좋다고 말해주었다.

우리는 많은 이야기를 나누었다. 나는 사실 486 컴퓨터를 사용해본 적은 한 번도 없다고 밝혔다. 윈도 97을 사용한 것이 내 첫 통신 경험이라는 것도. 그러자 여인2는 예의 그 다정한 이모티콘과 함께 286 컴퓨터에 명령어를 입력해서 미니 게임 같은 것을 하던 시절에 관해 이야기해주었다. 책에 있는 코드를 줄줄 입력해야만 게임을 실행할 수 있었던 때. 여인2는 게임을 하기 위해 밤새 코드를 입력했다. 가장 즐겨하던 게임은 버블 보블이라고 했다.

여인2: 스테이지 100을 클리어 하면 버블룬과 보블룬이 페티와 베티를 구하게 되죠. 근데 그건 진짜 엔딩이 아니에요.

해피엔드: 그럼요?

여인2: 다시 스테이지 20으로 돌아가서 비밀 코드를

해독해야 해요.

　해피엔드: 그 코드가 뭐예요?

　여인2: 비밀이라니까요.

　해피엔드: 시시해요.

　여인2: 부탁할 게 있어요. 부탁을 들어주면 알려드릴게요.

　해피엔드: 뭔데요?

　여인2: 나중에 말씀드릴게요.

　모바일 버전 버블 보블 클래식을 다운받았다. 버블룬은 입을 열었다 닫으며 비눗방울을 퐁퐁 뿜었다. 어처구니없을 만큼 연약해 보이는 그 비눗방울에 악당들이 갇혔다. 보블룬을 조작할 사람이 없었기 때문에 나는 버블룬 한 마리만을 가지고 게임을 해야 했다.

　해피엔드: 같이 하면 좋을 텐데요.

　여인2: 혼자 하면 조금 비참하죠.

　해피엔드: 영화 속에서도 두 사람이 그런 얘기를 나눈 적이 있잖아요. 기억나요?

　여인2: 그럼요. 혼자여서 비참할 때에 대해 얘기했잖아요.

　여인2: 여인2가 말했죠.

　여인2: 티브이에서 하는 영화 보다가 졸았을 때 비참하다고.

　해피엔드: 해피엔드는 이렇게 말했죠.

　해피엔드: 졸구 일어났는데 엔드 자막 뜨면 더욱더 비참하죠?

　해피엔드: (^__^)

여인2: (^_^)

함께 영화를 보기로 했다. 동시에 영화를 켜고 엔드
자막이 뜨는 순간부터 감상을 나누기로 했고 보는 내내
자꾸만 밀려오는 졸음을 참느라 혼났다. 크레딧이 올라가는
순간 여인2에게 포토 메시지가 왔다. 둔덕이 새하얀 눈으로
뒤덮인 포토와 고딕체 메시지. 마침 우리도 8월. 함께 8월의
크리스마스를 보내요. 그렇게 나와 여인2는 오랜 시간 대화를
나누었다. 주로 한석규에 대한 이야기들. 한석규가 그때 당시
정말 많은 영화에 출연했다는 것과 삼성 그린 컴퓨터 486
광고에도 나왔다는 것. 그러다 종국에는 시간이 참 이상한
방식으로 흘러간다는 결론에 다다랐다. 실재하는 한석규의
시간은 흘러가지만, 일정 세계 속 한석규는 끊임없이
되풀이된다. 모두 다른 방식으로.

나는 며칠간 출근을 하면 어김없이 두려웠던 것에 대한
조치를 바라는 일본인과 씨름해야 했다. 일본인은 바퀴벌레를
본 이후로 불안장애가 생겼다면서 내게 진단서를 보내왔다.
팀장에게 보고한 결과 팀장은 두려웠던 감정에 상응하는
재화 가치로 보상을 해도 되겠냐고 여쭤보라고 했다. 최대한
전액 환불은 피해야 하며 삼십 퍼센트 할인쿠폰으로 일을
끝낼 수 있도록 몇 번이고 일렀다.

하지만 일은 그런 식으로 진행되지 않았다. 쿠폰 따윈
바라지 않으며 자신의 두려움을 어떤 방식으로 잠재워야
할지 모르겠다고 되풀이할 뿐이었다. 그 바퀴벌레랑 마주치고
나서 내 인생의 모든 게 흔들리기 시작한 것 같아요. 시간이

고무줄처럼 늘었다가 줄어들고 내가 평평한 바닥에 서 있는 느낌이 아니라 비스듬한 곳에 서 있는 느낌이 들어요. 나는 차라리 원하는 게 뭐냐고 직접적으로 물어보고 싶었다. 바퀴벌레 한 마리에 얼마나 대단한 걸 바라느냐고. 최대한 정중한 어휘를 사용하며 말했다. 그렇지만 고객님. 직접적으로 상해를 입은 상황이 아니면 이 이상의 보상은 어렵습니다.

내가 일본인에 대한 이야기를 들려주자 여인2가 말했다.

여인2: 저는 동시에 다른 시간을 살 수 있다고 믿어요.

해피엔드: 글쎄요. 그렇다고 그 남자가 정말 바퀴벌레를 보고서 그렇게 됐다는 건 좀 무리가 있는 것 같아요.

여인2: 굳이 해답을 내리려고 하지 말아요.

해피엔드: 그게 제 직업인걸요.

여인2: 알았어요.

여인2: 다만 완벽한 해답을 줄 수는 없을걸요. 저는 통신광장 속에서 영원히 안주하고 싶지만, 당신은 그러지 않았으면 좋겠다고 생각해요. 하지만 구태여 당신에게 그런 말을 하진 않았어요.

나는 그 말이 몹시 상투적이라고 생각했다. 당신은 이곳에 남아 있기를 원하면서도 그런 식의 말이 남을 위하는 거라고 생각하나요. 여인2는 그런 의미가 아니라고 했다. 나는 여인2가 약간 화가 나 있음을 느꼈다.

여인2: 우리가 대화를 할 때 같은 지점을 명중할 수 있을 거라곤 생각하지 않아요.

예소연

먼저 대화방을 나간 것은 여인2였다. 나는 홀로 대화방에 남아 통신광장에 남고자 하는 여인2의 삶에 대해서 생각해보았다. 어떤 켜들이 그녀의 지층을 이루고 있기에 그런 완고한 사람이 되어버린 걸까. 나는 여인2를 만나고 싶다고 생각했다. 여인2와의 대화가 영영 끝나는 것도 있을 수 없는 일이었다. 자판을 두드려 전달하고 싶은 문장을 입력했다. 한동안 그 문장을 물끄러미 바라보다가 여인2에게 전달했다.

해피엔드: 만나고 싶어요.

손끝이 차가워 주먹을 쥐었다 폈다. 만나서 뭘 어쩌겠다는 건지. 내가 무엇을 원하는지 알 수 없었다.

여인2는 며칠 뒤 나를 집으로 초대했다. 그리 멀지 않은 곳이었다. 지하철을 타고 삼십 분 거리. 하지만 지하철을 타는 것조차 오랜만이었다. 손이 시려 장갑 한 벌을 사야겠다고 생각했다. 여인2의 동네에는 오래된 문구점이 있었고 그 앞에는 소형 오락기도 있었다. 그렇지만 게임을 하는 아이들은 없었다. 나는 쭈그려 앉아 동전을 넣고 게임을 했다. 얼마나 했을까, 저 멀리서 어린아이가 다가왔다. 처음에는 기웃거리며 눈치를 보더니 결국 쭈그려 앉은 채로 내가 게임하는 모양을 열심히 구경했다. 지루해졌을 즈음 자리에서 일어나는데 아이가 내 옷깃을 붙잡았다. 그러면서 손바닥을 내밀었다. 동전 몇 개가 작은 손바닥 위에 쌓여 있었다.

더 해주세요.

직접 하지 그래.

저는 못 해요. 구경만 좋아해요.

나는 아이의 손바닥 위에 주머니 속 남은 동전을 더
얹어주었다.

직접 해봐.

가파른 언덕을 넘고서야 비로소 아파트 단지 입구가
나왔다.

여인2가 꼭 마을버스를 타던 이유가 있었다. 동과
호수를 여러 번 확인하며 집 앞에 도착했다. 벨을 누르려는데
인터폰에서 미세한 잡음이 들렸다. 누군가 나의 모습을
확인하고 있었다. 가만히 기다렸다. 문이 열렸다. 단발머리의
중년 여자가 내게 인사했다. 여인2가 아니었다. 여자는 내게
녹차를 권유했고 나는 거절했다. 햇볕이 잘 드는 작은 평수의
아파트. 모든 가전들은 있을 만한 자리에 전부 있었지만 딱
하나. 텔레비전은 없었다. 잠시 소파에 앉아 있자니 여자가
물 한 잔을 건넸다. 나는 한 모금 마시고 내려놓았다. 비렸다.
수돗물이었다.

여자는 나를 방으로 안내했다. 베드 테이블 위 모니터
불빛이 파랗게 빛났다. 커다란 등받이 침대. 그 침대 위에
앉아 있는 사람. 여인2. 삐죽 솟은 짧은 머리에 마른 얼굴이
유난히 하얬다.

기대한 사람이 아닌 거 알아요.

그렇게 말하는 여인2의 발등에 유독 시선이 갔다. 다섯 개의 발가락뼈가 다 드러나고 파란 핏줄이 도드라진 발등. 여인2는 이내 두 발을 이불 속에 넣었다. 여인2는 오랫동안 외출을 하지 않았다고 했다. 그러면서 내게 위성 지도를 켜서 보여주었다. 오면서 지나쳤던 길이었다. 여인2는 화살표를 누르면서 능숙하게 자신의 집 방향을 찾았다.

산책 중.

그렇게 말하고 여인2가 나를 장난스러운 눈빛으로 쳐다보았다. 눈을 마주치는 것이 어색했다. 낯선 사람을 직접 마주한 것은 아주 오랜만의 일이었다. 소리 내어 웃어놓고 어설프게 웃은 것 같아 신경 쓰였다. 노크 소리가 들리고 이내 여자가 차를 내왔다. 차는 한 잔이었다. 여자는 찻잔을 베드 테이블에 내려놓은 뒤 여인2의 열을 재더니 혈당측정기로 혈당을 체크했다. 이어 가볍게 머리를 쓸어 넘기고 옷매무시를 가다듬어 준 뒤 방을 나갔다.

간병인이에요.

그러더니 여인2는 유니텔에 접속해 우리가 나눴던 대화들을 보여주었다. 마치 자신이 정말로 여인2라는 것을 증명이라도 하듯. 나는 메고 온 가방에서 더 벨벳 언더그라운드의 앨범을 꺼내 여인2에게 보여주었다. 여인2는 앨범을 손에 들고 이리저리 돌려가며 살펴보더니 뒤에 있는 희미한 이름을 가리켰다.

제 이름이에요.

오래전 여인2가 처분한 앨범이라고 했다.

내가 앨범을 거래했을 당시는 여름이었다. 낯선 사람을
만나는 것이 두려워 일찍부터 만나기로 한 장소 근처를
서성거렸고 도착했다는 메시지를 보자마자 도망치고
싶어졌다. 그런데도 끝내 거래를 할 수 있었던 것은 그 남자
또한 한참 주변을 서성거리던 사람이었기 때문이었다. 어쩐지
우리가 비슷한 사람이라고 여겨졌다. 여인2는 내가 거래했던
사람이 전남편이었을 거라고 했다. 남편에게 주었어요. 우린
그 영화를 참 좋아했거든요. 근데 남편은 그걸 팔아버렸고. 왜
사람들은 헤어지면 꼭 물건을 버리죠?

생각보다 현실적인 사람이네요. 내가 그렇게 말하자
여인2가 힘없이 웃더니 기침을 했다. 문밖에서 기척이
들렸다. 여자인 것 같았지만 들어오지는 않았다. 여인2는
수신함을 열어 수현과 동현이 주고받았던 편지들을
보여주었다. 이미 다 봤던 편지였다.

여인2는 이 편지 중 자신이 삭제한 편지가 있다고 했다.
수현과 동현이 마침내 통신광장이 아닌 현실에서 만나기로
약속했을 때. 동시에 동현이 오래전 짝사랑하던 여자가
죽었다는 소식을 알게 됐던 그 순간. 영화 속에서 수현은 그
사실을 모른 채 피카디리 앞에서 오래도록 동현을 기다린다.
하지만 여인2의 말에 따르면 수현은 이미 그 사실을 알고
있었다. 하지만 분명 영화 속에서 수현은 어떠한 메시지도
받지 못한 채 피카디리 앞을 서성였다.

여인2는 자신이 그 편지를 발견한 뒤 삭제했다고 했다.

왜요.

예소연

내가 묻자 여인2는 고개를 천천히 왼쪽으로 갸우뚱했다.

글쎄요.

아뇨. 왜 삭제했냐고요.

모든 걸 보여줄 필요는 없거든요.

새침하게 말하고 여인2는 다시 주고받은 편지를
훑어보았다.

금세 해가 저물고 있었다. 창밖으로 노을빛이 새어
들어왔다. 여인2의 하얀 스웨터가 주황으로 물들었다. 창문
밖이 현실이라면 나와 여인2가 있는 이곳은 가상공간에
가까울 것이다. 이 순간 내 삶의 터전. 오류에도 질서가 있다.
질서가 있다는 것은 뻗어나간다는 것이다. 저마다의 세계는
일정한 모양을 유지하며 사방으로 뻗는다.

어느 날 자고 일어나 보니까 내가 전혀 다른 사람이라는 걸
깨달았어요.

당신이 수현이었던 사람이라는 걸요?

맞아요. 그걸 알게 됐어요.

그걸 어떻게 아는데요?

아귀 맞듯 모든 것이 맞춰져요. 머릿속에서.

여인2는 어깨를 으쓱하고는 몸을 침대에 기댄 채로 고개를
약간 기울였다. 몹시 피곤해 보였다. 나는 조금 더 이야기하고
싶어 모른 척했다. 조금 있다가 여자가 들어왔고 능숙하게
침대 밑의 레버를 돌려 여인2를 눕혀주었다. 그리고 나를
향해 조용히 고개를 저었다.

현관 앞까지 여자가 배웅해주었다. 배웅이라고 하기 무색할

정도로 여자의 표정은 건조했다. 여자는 내가 엘리베이터를
탈 때까지 아무 말도 하지 않다가 문이 닫힐 때쯤 저기요,
불렀다. 나는 급하게 열림 버튼을 눌렀고 엘리베이터는
천천히 열렸다. 그리고 여자가 조용히 물었다. 혹시 절
간병인이라고 소개하던가요? 센서 등이 꺼진 아파트 복도.
여자가 어떤 표정인지 알 수 없었다.

좋은 사람이라던데요.

돌아오는 길. 다시 오래된 문구점 앞을 지났다. 오락기
앞에는 아이가 없었다. 다만 조이스틱 옆에 가지런히 동전이
쌓여 있었다. 평생 구경만 할 셈이니. 소리 내어 물어보았다.
아무도 없으니 아무도 대답하지 않았다. 그래서 내가
대답하려 했지만 대답하지 못했다.

집에 돌아와 일본인이 컴플레인을 걸어 온다면 사비를
써서라도 그의 요구를 들어주겠다고 다짐했다. 어쩐지 나와
비슷한 사람이라는 생각이 들어서였다. 하지만 그는 그날
이후 어떤 문의도 해오지 않았다. 두려웠던 것이라 함은 그때
당시에 두려웠던 심정에 대한 말일까 아니면 그 두려움으로
말미암아 사뭇 달라진 자신의 상태에 대한 말일까. 어찌 됐든
나는 그 일본인이 바퀴벌레에 대한 조치를 바라지 않는다고
확신했다. 그 또한, 그것이 이미 지나가버린 사건이라는 건
명료하게 알고 있었다. 그렇게 나는 나의 개인적인 삶에
대해 생각해보다가, 멋대로 틈입해버린 여인2를 떠올리다가,
세상에 평평한 공간은 어디에도 존재하지 않는다는 것을
깨달았다.

예소연

사실 나는 오래전 골목길을 지나다가 누군가에게 폭행당하는 사람을 본 적이 있다. 가해자가 도망가던 그 순간까지 얼어붙어 아무것도 하지 못했다. 간신히 119에 신고했지만, 그것을 목격했던 것 자체로 공범이 된 것 같은 기분에 사로잡혔다. 그 이후로 어쩐지 현실의 인간보다 모니터 속 인간을 더 신뢰하게 되었다. 그런 이야기는 일본인에게 해줄 수 없었지만. 어쨌든 메일을 보냈다. 다시 생각해보니 당신이 겪은 일은 전혀 개인적인 문제가 아니며 도움을 줄 수 있는 방향에 대해 고민해보겠다고 했다. 그러니까 보상이라는 말은, 내가 하고 싶었던 말이 아니었다고. 그러니까 보상보다는…… 다른 말이 좋았을 거라고. 그렇게 메일을 보내고 나서 수시로 메일함을 들여다봤지만 역시나 답은 오지 않았다.

한동안 여인2 또한 나를 대화방에 초대하지 않았다. 여러 번 편지를 보냈는데도 답장이 없었다. 여인2의 집에 초대받은 이후 단 한 번도 밖으로 나간 적이 없었다. 나는 이제 수현이 아닌, 수현이었던 사람이 보고 싶었다. 동현이었던 사람이 되고 싶었지만 어떻게 해야 할 수 있는지 알 수 없었다. 계단에서 구를까도 생각해봤다. 그렇게까지 하는 건 좀 우스웠다.

도무지 시간이 가지 않아 온종일 게임만 했다. 음식은 시키면 되었고 재택근무 특성상 밖에 나갈 일도 없었다. 버블 보블은 생각보다 어려웠다. 스테이지마다 공략이 있었지만, 공략집은 보지 않기로 했다. 가끔 편지함을 확인할 때 빼고는 버블룬을 붙잡고 씨름했다. 무턱대고 버블을 만들어서 되는 것이 아니었다. 필요한 만큼 버블을 만들어야 했다. 악당이 다가오는 순간이 두려워 버블을 많이 만들면 되레 버블룬이 수많은 버블에 갇혀 오도 가도 할 수 없게 된다.

해피엔드: 어떻게 하면 스테이지 100을 깰 수 있죠?

여인2에게 다시 편지를 보냈다. 여전히 답이 없었다. 여인2는 자는 시간을 빼놓고는 늘 통신광장에 접속한다고 했는데. 만나지 않는 것이 좋았을까. 하지만 나는 살면서 너무 많은 것을 흘려보냈다. 그래서 더 이상은 그러지 말아야겠다고 다짐했을 뿐이었는데.

영화 〈접속〉을 다시 봤다.

수현이 아닌 여인2가 자꾸 생각났다. 파란색 화면에 뜬 여인2의 가지런한 글자를 몇 번이고 돌려 보았다. 동현이 첫사랑을 찾는다는 걸 알고 수현이 건넨 위로. 나는 인제 와서 그 모든 말들이 여인2가 내게 보내는 메시지인 것처럼 느껴졌다.

여인2: 찾고 있는 그분 말이에요. 아마 만나게 될 거예요.

영화 속 전도연이 첫사랑을 잊지 못하는 한석규를 위로하는 장면이었다.

여인2: 어느 쪽이든 애타게 찾고 있다는 건 인연이라는 증거거든요.

여인2: 만나야 될 사람은 반드시 만난다고 들었어요.

예소연

여인2: 전 그걸 믿어요.

뒤이어 해피엔드의 답장.

해피엔드: 끝내 어긋나는 만남도 있어요.

해피엔드: 하지만 나도 그 말을 믿고 싶군요.

영화를 보면서 이상한 점을 발견했다. 수현이 동현에게 바람맞은 뒤 돌아와 수신함을 살펴보던 장면. 수신함의 일련번호가 달랐다. 19번 편지가 없었다. 18번 편지 다음 바로 20번 편지로 넘어갔다. 하지만 수현은 그저 편지들을 차례차례 클릭하며 확인할 뿐이었다. 19번 편지만 사라졌다는 것을 알지 못한 듯 무심하게 지나쳤다. 수십 번도 더 본 장면인데 왜 지금에서야 발견한 걸까.

사서함에 들어가 해피엔드가 여인2에게 전달한 편지들을 다시 훑어보았다. 일련번호는 순서대로 정렬되어 있었다. 나는 해피엔드가 전달했던 무수한 편지들을 거슬러 올라가며 읽어보다가 편지 하나를 삭제했다. 그런 다음 혹시나 하는 마음에 영화를 다시 틀어보았지만 수현과 동현의 대화 내용은 그대로였다. 웃음이 나왔다. 여인2가 편지를 지웠을 거라고 생각하는 나 자신이 우스워서. 그 믿음이 너무도 무모한 것 같아서. 그 순간 여인2가 나를 대화방에 초대했다.

여인2: 혼자서는 스테이지 100을 깨지 못해요.

여인2: 버블룬과 보블룬이 모두 필요하거든요.

나는 메시지를 받고 잠시간 희망적이었는데 왜냐하면 여인2의 말이 꼭 자신이 보블룬이 되어주겠다는 말처럼 들렸기 때문이었다.

여인2: 비밀 코드를 알고 싶다면 내 부탁을 들어주세요.

모든 걸 다 보여줄 필요가 없다는 말은 온 마음을
다한다는 걸 들키고 싶지 않다는 말. 그 틈에 숨겨진 많은
것들. 우리는 드러낼 수 없어서 대신 드러내어 보여주는
이야기를 사랑하고 그런 이야기에 저마다 제목을 붙인다.
나는 몰래몰래 늘 그런 것을 기대해왔을지도. 내가 삭제한
해피엔드의 편지는 내가 가장 믿고 싶지 않은 말이 담긴
편지였다.

남대문 시장 좌판에서 장갑 두 벌을 샀다. 한 벌은 그
자리에서 끼고 다른 한 벌은 주머니에 넣었다. 여인2는
더 벨벳 언더그라운드의 앨범을 돌려달라고 했다. 그러면
비밀 코드를 알려주겠다고. 다시 찾아갈 구실이 생겨
기뻤다. 오래된 문구점 앞을 지나는데 오락기가 없었다.
문구점 안으로 들어가 모나미 펜 한 자루를 샀다. 오락기가
사라졌네요. 그러자 주인 할아버지가 팔아버렸다고 했다.
그러면서 중얼거렸다. 아무도 안 해요. 여기도 곧 닫아요.
이젠 정말 끝이라고. 나는 할아버지의 푸념을 들으면서 내가
안락하다고 느끼는 모든 것은 더 이상 사람들이 안락하다고
느끼지 않는 것들임을 실감했다. 그러면서 여인2가 운운했던
현실에 대해 조금이나마 생각해보았다.

마찬가지로 여자가 문을 열어주었다. 하지만 나를 곧바로

예소연

방으로 안내하지는 않았다. 얌전히 소파에 앉아 물이
끓어오르는 소리를 들었다. 여자는 두 잔의 녹차를 타서
식탁 앞에 앉았다. 그리고 내게 손짓해 앉을 것을 권유했다.
우리는 한동안 말없이 녹차를 마셨다. 나는 가방 안에서 더
벨벳 언더그라운드의 앨범을 꺼내 여자에게 건넸다. 당신에게
전해주라고 했어요. 민영이가요? 여인2의 이름. 수현이 아닌
민영. 여자는 앨범을 받아들고 한참을 살피더니 내려놓았다.
그리고 찐 밤을 내왔다. 나는 여자와 찐 밤 따위를 먹고 싶은
게 아니었다. 하지만 여자는 천천히 과도로 밤을 갈라 반쪽을
내게 주었다.

그땐 당신이 미웠어요.

그러면서 여자는 티스푼으로 밤을 긁어 먹었다. 무슨 말을
해야 할지 몰라 여자가 건네준 밤을 똑같이 티스푼으로 파
먹었다.

민영이는 갑자기 그렇게 됐어요.

그렇게요?

이상한 소리를 했어요. 자신이 아직도 90년대를 사는
것처럼.

직접 만나서 얘기하고 싶어요.

내가 말하자 여자는 그저 웃었다. 자리에서 일어나 여인2의
방으로 갔다. 노크했지만 대답이 없었다. 한참을 기다리다가
문을 벌컥 열었다. 여인2는 없었다. 베드 테이블은 사라졌고
빈 침대만 남아 있었다. 창문은 반쯤 열려 방안에 한기가
돌았다. 인제 보니 여인2의 방에는 가구가 정말 없었다.

옷장도, 책상도 없었고 그저 침대맡에 놓인 서랍장과 작은 스탠드가 전부였다.

민영인 없어요.

여자는 그렇게 말하고 여인2의 침대에 걸터앉아 구겨진 베갯잇을 반듯하게 폈다. 그러면서 내가 자신에게 거짓말했단 걸 알고 있다고 했다. 여인2가 자신을 간병인이라고 소개했냐고 물었을 때. 나는 좋은 사람이라 했다고 대답했고 여자는 그게 거짓말임을 알면서도 고마웠다고 운을 뗐다. 밉다고 생각했던 게 무색해졌다며. 사실 민영은 인지저하증 증상을 겪고 있었다고 했다. 점점 기억이 흐릿해진다는 걸 몹시 괴로워했다고. 그러면서 여인2가 며칠 전 지인과 함께 모스크바로 떠나 인체 냉동보존 서비스를 받았다는 사실을 알렸다. 여자는 머지않은 미래에 인지저하증이 감기처럼 약을 먹고도 나을 수 있는 질병이 될 거라고 믿었다. 우린 결정을 내리기까지 오랜 시간 고민했어요. 그렇게 말하면서 여자는 울고 있었다. 이내 목을 가다듬고 내게 물었다. 정말 이게 삶에 최선을 다하는 방식이라고 생각하세요? 여전히 모르겠어요. 우린 십 년이 넘도록 함께했는데.

나는 서로 같은 지점을 명중할 순 없다던 여인2의 말을 떠올렸다. 그렇지만 입 밖으로 꺼내어 말하지는 않았다. 여인2가 정말 미래에서 깨어났다면 지금쯤 어디에 도달했을까. 닫힌곡선을 이용하면 공간을 구부려 과거에도 도달할 수 있다는 얘기를 들은 적이 있었다. 그런 가설들은 전부 미스터리였고 나는 그저 미스터리란 미스터리여서

예소연

아름다운 것이라고 생각했는데. 비밀 코드는 알 수
없게 되었다. 그러니까 나는 영원히 버블 보블 클래식을
클리어하지 못하는 셈이었다. 외투 주머니에서 아까 샀던
장갑 한 벌을 꺼내 여자에게 주었다. 그리고 말했다. 바깥
공기를 쐴까요.

산책길을 걸었다. 여자와 나는 같은 장갑을 낀 채로 길을
따라 걸었다. 공기는 차갑고 깨끗했고 코가 시렸지만 손은
따뜻했다. 여인2를 만나기 위해 밖을 나선 이후 밖을 나서는
것이 두렵지 않게 되었다. 여자는 내게 이런저런 것을
물어보았다. 가족은 지방에 있고 혼자 살며 직장에 다닌다는
얘기들을 했다. 나는 여자에게 그런 것을 물어보지 않았지만,
여자도 이런저런 것들을 말해주었다. 여인2와 여자는
오래된 연인이었고 여인2가 아프고 난 이후로 둘 다 직장을
그만두었으며 모아둔 돈이 꽤 있어 사는 데는 힘들지 않았고
가족과는 절연했다는 얘기들.
　통신광장 속에 남고 싶다고 했어요.
　민영이는 살기 위해 뭐든 할 수 있어요.
　과거로 돌아가고 싶은 걸까요.
　살기 위해 미래를 선택한 거죠.
　저에 대해서는 뭐라고 하던가요?
　얘기한 적 없어요.

더 이상 여인2와 나 사이에 무엇이 오고 갔는지 가늠할
수 없었다. 여자는 장갑을 껴놓고도 주머니에서 손을 빼지
않았다. 나와 여자는 산책로를 벗어나 전철역 근처로
걸어갔다. 벌써부터 새해를 기념하는 플래카드가 종종
보였다. 벌써 한 해가 흘렀구나. 그런 생각 따위는 더 하지
않기로 했는데. 거리는 한산했다. 종종 지나치는 사람들은
모두 블루투스 이어폰을 착용하고 있었다. 여인2는 어떤
세상을 살고 싶은 걸까. 미래를 거쳐 다시 PC통신을 하던
시절로 돌아가려는 걸까. 아니면 그저 건강한 몸을 다시 얻고
싶을 수도 있었다. 그렇지만 인체 냉동보존 서비스는 아직
안전한 해동 기술조차 개발되지 않았다. 나는 좀 더 여인2에
대해 생각하고 싶었지만, 여자는 별로 그럴 틈을 주지 않았다.

　난 할 만큼 했어요.

　제가 무슨 생각으로 여기 왔는지 모르겠네요.

　왜요. 민영이가 그랬어요. 다정한 사람이라고.

　얘기한 적 없다면서요.

　기억이 안 났어요.

　여자는 허기가 진다며 햄버거 가게에 들어갔다. 햄버거를
먹으면서 계속 여인2에 대한 이야기를 나눴는데 이상하게
나른하고 졸렸다. 여자는 말을 하는 중간중간 울음을
참으려는 듯 코를 찡긋거렸다. 그러면서도 햄버거는 잘
먹었다.

　저는 여인2가 그쪽이 말하는 민영 씨 하고는 완전히 다른
사람이라고 생각해요.

내가 말하자 여자는 소리 내어 웃음을 터트렸다. 낭만적인 사람이네요. 귀가 뜨거워졌지만 티 내지 않으려 노력했다.

그런데 낭만적인 사람은 자기 세계에 대한 무모한 확신 같은 게 있거든요. 그게 웃기기도 한데. 이해는 돼요.

여자가 눈을 찡긋거리고 모른 척 다시 말을 이었다.

솔직히 말할게요. 저는 민영이가 돌아올 거라고 믿어요.

어떻게요?

그걸 제가 어떻게 알겠어요. 어쨌든 그래서 괜찮아요.

그러더니 금방 눈물을 글썽거렸다. 여자는 한 손으로 대충 눈물을 닦으면서도 다른 한 손으로 햄버거를 먹었다. 근데 왜 울어요. 내가 묻자 여자는 한숨을 쉬더니 고개를 쳐들고 눈을 깜빡였다. 여인2가 더 벨벳 언더그라운드의 앨범을 왜 여자에게 전해주라고 했는지 알 것 같았다. 내게 어떤 임무를 맡긴 것 같다는 생각이 들어 약간 억울한 마음이 들었다. 나는 키오스크로 초코 선데 하나와 따뜻한 커피 한 잔을 주문했다. 받아온 초코 선데를 여자에게 내밀었다. 여자가 꾸벅 인사했다. 커피를 마시려고 뚜껑을 열자 여자가 초코 선데만 먹기에는 너무 춥다고 했다. 결국 나는 커피까지 전부 줘버렸고 선데 한 입 커피 한 모금 번갈아 먹는 여자를 보며 이상하게 오기 잘했다는 생각이 들었다.

이후로도 나와 여자는 종종 만났다. 산책하고 밥 먹고 여인2 혹은 민영이 그리울 때면 더 벨벳 언더그라운드 1집 앨범을 들었다. 그사이 오래된 문구점은 사라졌고 이따금 내가 게임하는 모양을 넋 놓고 구경하던 아이가 떠올랐다. 영화를 틀고 여자에게 19번 편지가 사라진 장면을 보여주었다. 여자는 웃어넘기려다가 또 눈물을 터트리며 말했다. 과거로 돌아간 게 틀림없어요. 무슨 뜻인 줄 알죠. 어디선가 잘 지내고 있단 거예요. 나는 여인2가 나를 초대한 것이 종국에는 이 여자를 위함이란 걸 깨달았다. 여인2는 온 마음을 다한다는 점에서 수현과 같았다.

여자는 텔레비전과 플레이스테이션을 장만해 나를 초대했다. 우리는 버블 보블 클래식을 했고 나는 마침내 스테이지 100을 깰 수 있었다. 시간이 오래 걸렸지만. 버블룬과 보블룬이 모두 있어야 깰 수 있다던 여인2의 말이 맞았다. 스테이지 20으로 돌아가 비밀 코드를 찾았다. 코드를 입력하자 버블룬과 보블룬은 사라지고 파란 화면에 비밀 코드가 약 몇 초간 줄줄이 떠올랐다.

여자는 오류가 났다고 생각했는지 조이스틱을 거칠게 돌리고 아무 버튼이나 마구 눌렀는데 어떤 반응도 일어나지 않았다. 파란 바탕에 하얀 고딕체로 끝없이 이어지는 비밀 코드. 결국 우리는 시시한 마음으로 게임을 종료했다. 게임도 끝났고 여인2도 냉동되었다. 나는 더 이상 이곳에 찾아올 이유가 없다고 생각했지만, 집으로 돌아가면 온 마음을 다할 수 있는 것이 아무것도 없어서 덩그러니 앉아 있거나 누워 있을 뿐이었다. 이렇게는 살고 싶지 않다고 생각했다. 처음으로 그런 생각을 했다. 나는 여자에게 여인2가 사용하던 노트북을 잠시 빌려달라고 했다. 그리고 유니텔에 접속해 해피엔드와 여인2가 나눴던 모든 대화들을 삭제했다.

예소연

지켜보던 여자가 민영이 상심할 것을 걱정했다. 나는 얼마간 상심하는 것쯤은 괜찮다고 얘기했다. 우리가 그랬듯이.

~~~

여인2의 전남편이라는 사람에게 연락했다. 앨범을 되사지 않겠느냐고 물었다. 그러자 뜻밖에도 남자는 정말 고마워했다. 약속 시각보다 일찍 와서 시청 근처를 돌아다녔다. 이쯤 어딘가에 시계탑이 있었다고 생각했는데 아무리 주변을 둘러봐도 시계탑은 보이지 않았다. 주말이라서 그런지 아이스링크장은 아이들과 연인들로 붐볐다. 다리를 죽죽 뻗으며 빙판을 가로지르는 사람들. 엉거주춤한 자세로 넘어지지 않기 위해 애쓰는 사람들. 코끝이 발간 사람들. 사람들을 구경하다가 시간이 되어 구청사 앞에서 남자를 기다렸다. 남자는 헐레벌떡 달려왔다. 모자를 눌러 써서 얼굴이 잘 보이지 않았다. 다만 손마디가 유난히도 붉었다. 잔기침을 하고 손으로 얼굴을 쓸어내리는 남자. 나는 가방에서 앨범을 꺼내 남자에게 주었다. 그러자 남자가 공손히 앨범을 받더니 뒷면을 확인했다. 희미하게 적힌 이름과 스크래치들. 남자가 나를 쳐다봤다. 얼굴이 하얗고 안경을 쓴 남자였다. 남자는 그때 내가 앨범을 사며 주었던 금액에 얼마를 더해 나에게 건넸다.

　팔고 나서 후회했어요.

　그런데 왜 파셨어요.

화가 났어요. 그럴 일이 있었거든요.

그러더니 꾸벅 인사하고 앨범을 가방에 넣었다. 나는
남자에게 혹시 이 근처에 시계탑이 있지 않았냐고 물었다.
남자는 자신이 이 근처에서 십 년 넘게 일을 해왔지만 시계탑
같은 것은 없었다고 대답했다.

앨범 주인을 만났어요.

남자는 그 말에 놀란 얼굴을 하고 나를 잠깐 바라보았다.
그러더니 고개를 끄덕거리곤 물었다.

잘 지내던가요.

열심히 지내요.

맞아요. 민영인 언제나 그랬어요.

저 멀리에서 아이 한 명이 남자를 향해 뭐라고 소리를
질렀다. 그러자 남자는 나에게 다시 한번 인사를 하고서
아이를 향해 뛰어갔다. 나는 남자와 아이가 있는 곳으로
천천히 걸어갔다. 남자와 아이는 아이스링크장 주변을
서성거리다가 스케이트를 빌렸다. 남자는 한쪽 무릎을 꿇고
아이에게 스케이트를 신겼다. 막상 신고 보니 아이는 겁을
잔뜩 먹었다. 아이스링크장 입구에 서서 들어가지 못하고
있었다. 남자도 스케이트를 못 타는지 그저 아이에게 들어가
보라고만 했다.

일본인에게 메일을 한 번 더 보내야겠다고 생각했다.
나는 급기야 그를 전혀 모르는데도 불구하고 어쩐지 아는
사람처럼 느껴졌다. 같은 세상에 발을 디디고 있다는 것으로
그런 마음을 느낄 수 있다는 건 다행인 걸까. 그에게 메일을

예소연

쓴다면, 사실 나는 내가 안락한 곳에 있는 동시에 안락하지 않은 곳에 당도하길 바란다고 고백할 것이다.

　스케이트를 빌려 신은 뒤 한 벌을 더 빌려서 남자에게 다가갔다. 제가 알려드릴게요. 남자가 나를 쳐다보더니 손사래를 쳤다. 하지만 이미 빌려놓은 스케이트를 보더니 난처한 표정으로 주춤거리다가 결국 스케이트를 신었다. 내가 먼저 아이스링크장에 들어가자 남자도 따라 들어왔다. 엉거주춤한 남자를 보며 구경하던 남자의 아이가 깔깔 웃었다. 나 또한 오랜만에 타는 스케이트라서 걱정이 되었다. 처음에는 불안하게 몇 발자국을 걸어가다가 넘어질 뻔했다. 하지만 사선으로 스케이트 날을 부드럽게 죽죽 밀자 안정적인 자세로 나아갈 수 있게 되었다. 나는 남자에게 날을 미는 법을 몇 번 알려준 뒤 멀어졌다. 한 바퀴를 돈 뒤 다시 남자에게 돌아가 자세를 알려주었다. 그리고 또 멀어졌다. 그러기를 몇 번을 반복한 뒤에 광장에선 어디로 가든 나가는 방향이라는 것을 알게 되었다.

이 소설은 당연하게도 장윤현 감독의 영화 〈접속〉이 모티프입니다.

렘 콜하스, 프레드릭 제임슨의 『정크스페이스』도 소설을 쓰는 데 많은 참고가 되었습니다.

아직 남아 있는 서버에 여전히 잔류하는 존재들이 있지 않을까, 문득 그런 생각이 들어서 소설을 쓰기 시작했습니다.

그런데 쓰고 보니 정말 우리가 불규칙한 회로를 끊임없이 돌아다니며 간신히 서로를 더듬는 존재처럼 느껴졌습니다.

봄이 되니, 가만히 눈을 감고 음악을 듣는 시간이 많아집니다. 저는 눈을 감고도 다른 이를 오래도록 떠올립니다.

예소연

옥구슬
민나

현호정

"우주를 만드는 것이
그에게 무슨 득이 되는가?"
『마하푸라나』[1]

민나는 민나의 어머니보다 먼저 태어났다.

민나의 어머니는 민나의 암소가 낳았고 그 암소가 태어날
때 민나가 도왔다. 민나는 어미 소 음부에 꽂힌 젓가락 같은
송아지 다리에 밧줄을 묶어 손수 당겼다.

어미 소를 낳은 이는 도롱뇽이었는데 새끼 낳는 건
처음이라 서툰 점이 많았다.

그도 그럴 것이 그전까지는 알을 낳았다. 희고 작고 둥근
알을. 그것들은 낳는 게 그리 어렵지 않았다. 그래서 한 번은
너무 많이 낳은 나머지 산란 둥지가 가득 차 쌀밥을 봉긋이
담은 그릇처럼 되고 말았다.

그런 모양으로 담은 밥을 인간들은 '꽃봉오리밥'이라
부르곤 했다. 민나는 기억할 수 있었다. 사람들은 그런 것을
어떻게든 민나에게 주려고 했다. 민나는 거지가 아니었는데
말할 방법이 없었다. 땅에서 아이와 노인이 굶어 죽어가는
가운데 사나이들이 꽃봉오리밥을 불에다 던져 연기를 하늘로
보냈다. 그러면 하늘 위에서 민나는…… 재채기했다. 굶어
죽어가던 이들은 침방울이 튀기듯 무참히 굶어 죽었다.
그러면 사나이들이 그들도 불에다 던져서 연기로 민나에게

---

1   자이나불교 선사 지나세나Jinasena의 저서. 내용은 도정일, 「거북이 밑에는 무엇이
있는가? ─기원의 문제와 창조서사들」, 『문학동네』 1998년 가을호 재인용.

올려보냈다. 민나는 그럴 줄 알고 일찌감치 냇물에 들어가
코를 물에 담그고 있었다. 코는 괜찮았지만 눈이 매웠다.
돌연 눈물이 터지더니 3개월간 멈추지 않았다. 씻어도 씻어도
눈이 계속 매웠기 때문에 민나는 화가 많이 났고 그 때문에
사나이들을 싫어하게 됐었다.

　그런데 아까 그 얘기 했어? 암소도 희었다는 얘기. 암소도
도롱뇽도 전부 다 하얀색이었다고!

　……민나는 도롱뇽의 그 엄청난 산란 둥지를 가까이서
구경하기 위해 다가갔었다. 그러자 꽃봉오리밥 모양 알과
둥지는 정말로 하나의 꽃봉오리를 이루더니, 금세 큼지막한
꽃잎을 떡떡 벌리며 피어났다. 민나가 기뻐하며 향기를
맡으려 코를 들이밀었다. 그러자 돌연 엉덩이가 통통한
호박벌들이 한 무리 쏟아져 나왔는데 전부 아이 벌이나 노인
벌이었고 사나이 벌은 전연 없었다. 그들은 꽃가루를 많이
먹고 멀리 날아가 꿀을 많이 먹고 검은 줄무늬가 있는 골든
기니피그가 됐다. 이 진화는 순전히 더 다양한 먹이를 더 많이
먹기 위함이었다. 그래서 그들은 곧바로 호박과 당근과 미나리,
감자, 만디오카, 아시아에서 나는 배와 서양 배 조금, 바나나,
팽이버섯, 샬롯, 껍질째 먹는 초록콩, 강낭콩 중에서 색깔
상관없이 줄무늬가 있는 것, 레몬, 빨간색 오렌지, 오렌지색
오렌지, 수박, 자몽, 멜론을 먹고, 중간중간 빨간 구슬 모양 후추
열매를 씹어서 그 많은 음식들이 몸 안에서 순조롭게 피로
녹아 순환하게 하고, 말린 자두를 각자 최소 두 주먹씩은 먹어
배설에도 문제가 없게 조치해두었다. 식사를 완벽하게 마치자

　　　　　　　　　　　　　　　　　현호정

그들은 전부 영원히 배가 불렀고 다시는 배고프지 않았다.

    ……민나, 이렇게 간섭하면 이야기는 끝이 난다.

    난다고?

    난다.

    겁이 나듯이?

    아니.

    그럼, 추운 밤 지나 해가 나듯이?

    아니.

    거칠던 땅에 싹이 나듯이?

Ⅱ
───────────────────────────────

민나가 거친 땅에서 밀 농사를 짓다 밀알만 한 개를 발견한
것은 먼 과거의 일이었다. 그때 민나는 밀짚모자를 쓴 채로
최초의 밀알을 심고 있었다. 눈앞이 텅 비어 민나가 정면을
집중해 응시하니 민나 자신의 뒷모습이 보일 정도였다. 그
모습을 보던 민나는 지금 더 적합한 일은 수확이라고 느꼈고
방향을 틀어 알곡을 털며 걷기 시작했다. 민나의 키를 훌쩍
넘기는 밀이 끝없이 펼쳐진 황금빛 들판 한복판에서 작은 개
짖는 소리가 자꾸자꾸 들렸다. 민나가 새끼손가락으로 귓속을
후비자 언제 들어갔는지 모를 밀알 하나가 나왔는데 자세히
보니 밀알이 아니라 밀알만 한 강아지였다.

    저는 날으는 강아지예요.

    개가 말했다.

응.

민나가 말했다. 그 뒤로 둘은 아무 말 없었다.

날아가야지.

민나가 말했다.

겁이 나서요.

개가 말했다.

겁이 나?

민나가 되물었다.

제 몸은 어느 쪽으로 날아가면 커지고 어느 쪽으로 날아가면 작아져요. 그 방향들을 저는 잘 알고 있었어요. 하지만 그만 잊어버렸어요. 저는 지금 작아질 대로 작아진 터라, 여기서 작아지는 방향으로 한 번만 더 날갯짓하면 그대로 소멸할 거예요. 겁이 나서 아무 데로도 날아갈 수 없어요.

그렇다면 너에게는 이름이 있겠다.

민나가 말했다.

제 이름은—

Ⅲ

민나가 '또'를 그 자리에 단단히 묶어두고 기다리라고 말한 뒤 방향을 아는 이를 찾아 나서니 곧 말 한 마리가 보였다. 그런데 말이 선 데서 찡찡 얼음 우는 소리가 났다. 민나는 이런 소리에 몹시 이끌리므로 모두 잊어버리고 그곳으로 달려갔다.

현호정

그곳에는 꽁꽁 언 연못이 있었다. 말이 그 연못을 마주
대하여 구슬같이 단단한 눈물을 떨구니, 굳은 것에 굳은 것이
부딪쳐 찡, 하거나 낑, 하거나 띵, 하는 소리를 내는 것이었다.
민나는 말 옆에 쪼그려 앉아 구슬을 하나하나 주워 모았다.
밝은 데 비추어 잘 들여다보면 구슬 내부는 점액질로 차 있고
그 안에서 금빛 올챙이들이 꼬리로 얼굴을 가리고 잠자는
게 보였다. 민나가 머리카락을 부스스 세우고는 서둘러 큰
숨으로 연못을 녹였다. 그리고 물 안에 구슬들을 와르르
쏟아부었다.

울던 말이 그 모습을 보더니 울기를 멈추었다. 말은 구슬이
섞여든 연못 물을 벌컥벌컥 들이켜기 시작했다. 말의 목은
오래된 나무의 몸통과 닮았는데 빨아올리는 힘이 세다는
점도 그랬다. 민나가 연못에 닿은 말의 머리를 나무의 뿌리로,
거기서 가장 먼 꼬리를 우듬지로 보고 꼬리 바로 앞에 서
하늘이 되려는데 갑자기 뜨겁고 세찬 물이 쏟아져 나와
민나를 적셨다. 말이 마신 물의 몇 배나 되는 물을 오줌으로
눈 것이었다. 거기에는 올챙이 구슬들도 전부 그대로 있었다.
민나는 감탄했다. 말도 감탄했다. 이 정도로 모두 온전할
줄은 몰랐던 거였다. 연못은 더 커졌고 이제 따뜻하기까지
해 다시 얼지 않을 것 같았다. 해가 질 때까지 민나와 말은
거기 있었다. 마침내 너무 어두워져 연못이 보이지 않자
둘은 고개를 들어 서로의 눈을 들여다보았다. 눈들은 빛나고
있어서 어두워도 볼 수 있었다. 민나의 얼굴이 말이 내쉬는
숨으로 덥히었다가 말이 들이쉬는 숨으로 식히기를 백여 차례

겪었다.

　가야지.

　갑자기 민나가 말했다.

　달려가야지.

　말이 말했다.

　그러나 그 뒤로도 한참이나 더 응시가 이어졌다. 둘은
선 채로 잠이 들었는데 민나가 깨어나보니 사방은 완연한
봄이었다. 햇살 아래 젖은 땅, 이어진 말의 둥근 발자국마다
맑은 물이 고여 있었다. 이윽고 민나의 입꼬리가 축 처지고
눈에서 눈물이 몇 방울 떨어졌다. 그 말의 이름을 '꼭'이라
짓고 잊지 않았다.

Ⅳ

민나가 걸어가다가 주머니에 손을 넣었더니 그 안에 올챙이
구슬이 한 개 들어 있었다. 오줌이 민나 위에서 쏟아져 내릴
때 주머니에 걸려든 모양이었다. 민나는 마저 연못에다
넣어주기 위해 되돌아갔다.

　연못에 다시 가보니 금개구리가 가득했다. 도롱뇽이나 뱀,
쥐나 큰 새는 개구리를 먹을 터였다. 그러면 금개구리는 한
마리만 남을 테고 그러면 혼자 따뜻하고 둥근 연못을 전부
차지하고서 엎드린 인간 아기만큼 크게 자랄 것이다. 민나는
그 뒤에 일어날 일도 알았다. 말을 타고 와 그를 발견하는 자가
있으리라—

　　　　　　　　　　　　　　　　현호정

생각하는데 머리 위가 어두워졌다. 커다란 용이 민나에게
고개 숙여 절하고 있었다. 민나는 이 절을 다 받으려면 얼마나
걸릴까 생각하다가 펄쩍 뛰어올라 용의 머리에 올라탔다.

어디를 가자.

민나가 말했다.

어디를 말씀이십니까?

용이 말했다.

음.

민나가 고민했다. 용이 민나를 태운 채 날아올라 태양에
가까이 가니 민나가 더워, 더워, 하며 용의 뿔을 잡아당겼다.
수염이나 비늘을 잡아당기면 빠질 수도 있고 아플 것이기
때문에 그다지 감각이 발달하지 않은 뿔을 갖고 그러는
것이었다.

그랬는데도 용은 앙앙 울음을 터뜨렸다. 민나가 당황해
어쩔 줄 몰랐다. 용은 아파서 우는 게 아니라고 설명한 후에
다시 울었다. 민나는 한결 마음이 놓였지만 덩달아 슬퍼져
꾸물꾸물 용의 목 아래쪽으로 기어 내려갔다. 거기서 용의
몸을 껴안은 채 뜨거운 볼을 서늘한 용의 비늘에 대고 가만히
있었다. 민나는 슬플 때 우는 대신 그렇게 웅크려 있는 편을
선호했기 때문이었다.

제가 왜 우는지는 안 궁금하세요?

용이 물었다.

이미 알아.

민나가 대답했다.

민나, 모든 것을 아시는 분이여.

용이 다시금 북받치는 울음을 억누르며 떨리는 목소리로 말했다. 민나는 이 용이 다시 도롱뇽으로 돌아가고 싶어 한다고 생각했다. 이유는 알 수 없지만 마음을 느꼈다. 세상의 많은 잉어나 뱀 혹은 도롱뇽이 용이 되려 애쓰는 가운데 이 용이 도롱뇽으로 돌아가고 싶어 하는 이유는 특별할 터였다. 하지만 그것을 민나가 특별히 여긴다면 용은 외로워질 것이고 겁이 날 것이다. 민나는 그래서 그를 각별히 여겼다.

네 구슬을 가져가 주마.

민나가 용을 쓰다듬으며 말했다.

정말이십니까?

용이 말했다.

지금까지 네 소원을 들어주지 못한 건 네 구슬을 새로 받아물 이가 도착하지 않아서였어. 하지만 얼마 전에 그가 온 것을 보았다. 그를 먹이려 땅에서 밀들이 저절로 자랐어. 꼭 발자국마다 고여 있던 하늘들처럼, 잘 여문 바다들 건너 새로 온 이가 있다. 그에게 가자. 네 구슬을 주러 가자.

새로 온 이요?

새로 온 이.

그게 누군가요?

내가 다시 말하노니 그는 붉은 새로 날아온 이라. 먼 데서 열매를 물고—

현호정

V

열매를 먼저 가져가.

붉은 새가 말했다.

왜?

민나가 물었다.

그래야 내가 구슬을 물지.

아아.

민나는 수긍하며 붉은 새의 부리에서 열매를 받아들었다.
열매는 빨간 구슬처럼 둥글고 달콤한 냄새가 났다. 손끝에
붉은 물이 들 것 같아서 민나는 그것을 옆에 늘어져 있던
댕댕이덩굴에 매달았다. 그러자 열매는 막 맺은 열매처럼
초록빛으로 되돌아갔다. 민나는 그것을 도로 땄다.

그러자 일전에 댕댕이덩굴의 푸른 열매로 새의 가슴에 뚫린
구멍을 막아준 일이 떠올랐다.

새총을 맞은 자린지, 송곳니에 물린 자린지 몸통 정중앙에
구멍이 하나 뚫려 있었다. 새는 민나의 주먹만 했고,
숨을 헐떡이며 푸른 깃털을 파닥거렸다. 생명이 찬찬히
잦아들었다. 하지만 아직 때가 아니었다. 민나는 옆에 늘어져
있던 댕댕이덩굴에서 구멍과 크기가 비슷해 보이는 열매를
땄다. 그대로 구멍에 집어넣으니 새가 숨을 쉴 때 또르르
굴러떨어졌다. 민나는 열매를 돌 위에 놓고 다른 돌로 톡톡
찧었다. 으깬 것을 뭉쳐 구멍에 넣고 송진을 발라 굳혔다.
새는 기력을 차리자 포르르 날아갔다.

그러다 하늘을 반 바퀴 돌아 다시 민나 앞에 내려앉았다.

옥구슬 민나

새가 말하기를,

민나, 신이여. 당신이 주신 모든 구원에 감사합니다.
그러나 고통 또한 당신이 주셨지요. 제 날개가 찾은 안도를
심장이 빼앗아 불태우고, 제 노래가 지은 기쁨을 위장이 찢고
더럽히도록 창조한 자가 누구입니까? 민나, 말해주세요.
당신에게 저는 무엇인가요? 누군가 던진 돌멩이나 바람을 탄
홀씨 뭉치와 다름없나요? 이제 제 몸속에는 저의 죄와 당신의
벌이 가득해, 저는 더 이상 열매를 삼킬 수도 샘물을 마실
수도 없습니다. 당신이 온 우주를 사랑스런 뱀으로 삼으실
때에 어찌 제게 시련을 내리시고 그 비탄으로 말미암아 그의
독니에 독을 채우시는지요.

민나가 자기도 모르게 소리치기를

독이 아니야.

그러면 무엇인가요.

민나는 조금도 생각하지 않고 혀를 입천장에 대었다 뗐다.

득.

득?

득?

득이 무엇입니까?

득이 무엇이냐?

작은 새는 눈물을 글썽거리다 애써 웃음을 지어 보였다.
공손히 뒤로 물러나 멀어지는 작은 새를 민나는 언제나처럼
가만히 지켜보았다.

그리고 방금 길게 늘어진 시간을 다시 뭉쳐 손바닥 위에서

현호정

작은 구슬로 굴려 주머니에 넣었다.

그러자 새가 돌아와 다시 물었다.

민나, 신이여. 당신이 주신 모든 구원에 감사합니다. 그러나
고통 또한 당신이 주셨지요. 제 날개가……

듣지 않고 대뜸 묻기를,

득이란 게 무엇이냐?

……독이요?

독 말고 득.

득?

득.

득이라.

그러자 새는 토로할 비애를 잊고 곰곰 갸우뚱거리다
대답하기를,

내 몫 가운데 죄가 아닌 것.

벌이 아닌 것.

그러자 손뼉 치며 민나가 말하기를

그럼, 네게는 열매구나.

열매요?

샘물이니라.

샘물이군요.

그게 네 몸속에 다 있느니라. 안도와 기쁨을 네가 누릴지라.

흰 새는 찌롱찌롱 지저귀며 포르르 날아갔다. 그리고
민나는 지금, 그를 올려다보며 걷는다.

옥구슬 민나

VI

삽시간에 하늘빛이 어두워지더니 먹구름이 짙게 덮였다.
빗방울이 민나의 눈에 떨어지자 그것은 곧바로 민나의 두
번째 눈동자로 자리했다. 빗방울은 계속해서 떨어졌고 민나는
무수히 많은 눈동자를 지닌 이가 됐다. 이럴 때면 민나는
여태껏 보지 않거나 보지 못한 것들을 보았다. 자신의 이름을
부르며 춤추는 사람들의 얼굴이었다.

민나는 민나가 보고 싶은 얼굴 앞으로 향한다. 오늘은
모닥불 앞에 소년이 있다. 의식을 처음 진행하는 듯 서툰
솜씨로 악기를 치며 민나의 이름을 부른다. 민나는 곧 자신의
이름에서 새삼스러운 흥미를 느낀다. 소년이 부르는 노래가
이제껏 다른 샤먼들이 불러온 노래와 다르기 때문이다.
민나는 이제야 소년이 혼자임을 알아차린다. 정확히 말하자면
소년은 자신의 쌍둥이 여동생과 함께 있다. 다른 모든
어른들은 마을에 있다. 둘은 추방당했다.

왜 나를 부르지?

민나가 묻는다.

당신은 노래인가요?

소년이 대답한다. 민나는 소년이 자신에 대해 거의 모르고
있음을 깨닫는다. 어른들이 부르던 노래를 기억나는 대로
흥얼거리다 나름대로 완성해본 것이리라.

노래는 왜 부르지?

민나가 다시 묻는다.

배가 너무 고파서 그래요.

현호정

소년이 대답한다.

아하— 그렇게 해서 노래가 고파지고 배가 불러질 수 있도록.

소년이 처음으로 미소짓고 민나는 아까부터 줄곧 웃는다. 민나가 언젠가 받아두었던 꽃봉오리밥을 건네주자 소년은 귀를 붉히며 쌍둥이 여동생이 일어나면 함께 먹겠다며 깨끗한 곳에 소중히 내려놓는다.

너는 그것을 먹고 자라나 사나이가 돼.

민나가 말하고 소년은 고개를 끄덕인다.

사나이들은 대개 멍청하지만 너는 아닐 거야. 내가 너에게 나의 이야기를 들려줄 테니까.

그리고 민나는 천천히 자신의 이야기를 시작한다.

민나는 민나의 어머니보다 먼저 태어났다—

멀리서 태양이 또렷이 떠오르기 시작하자 민나가 이야기를 마치고 주머니에 손을 넣어 구슬을 꺼낸다. 붉은 새가 물고 온 열매를 댕댕이덩굴에 매달아 옥빛으로 만든 것이다. 그것이 다시 태양 빛을 받아 붉게 빛난다. 소년에게 내밀자 소년은 받지 않으려 고개를 젓는다. 민나는 소년의 목걸이를 끌러 구슬을 꿰어 다시 걸어준다.

득,

엉성한 천막에서 어린 소녀가 잠이 덜 깬 목소리로 그의 이름을 부르며 나온다.

늘,

소년이 소녀의 이름을 부른다.

옥구슬 민나   155

둘이 자식을 낳거든 이름을 '곧'과 '또'라고 지어. 둘을 꼭 네게 보낼 거야. 함께 갈래?

득이 고개를 끄덕인다.

VII

곧, 내 손이 비었어. 열매를 이 아이가 가졌어. 이제 네 구슬을 내게 줘.

그러자 용이 여의주를 바치고 도롱뇽이 되어 금개구리를 먹으러 연못으로 간다.

또, 작아짐은 사라짐과 달라. 아무리 작은 것도 없는 것과 달라. 그러니 안심하고 어디로든 가.

그러자 개가 날개를 펼친다. 떨어진 빗방울들이 일제히 함께 떠올라 함께 날아갈 준비를 한다.

민나,

그러나 다시 민나를 부르는 목소리가 들리고 민나는 그것을 듣는다.

여전히 계속 겁이 나면 어떻게 해?

또 하는 말에 민나가 가볍게 웃는다.

내가 같이 가줄까?

득은 입술을 꾹 다문 채 민나를 돌아본다. 민나도 득을

현호정

돌아본다.

득, 내 말 잘 들어.

민나가 말한다.

아니, 내 말 잘 듣지 마.

민나가 다시 말한다.

지금 보이는 것들이나 잘 봐둬. 그들이 네게 보이기를 허락했으니 너도 걸맞게 예의를 갖춰야 해. 한편 너를 보아주겠다는 이들이 있을 테니 그들에게도 예의를 갖춰. 보석과 사탕을 양손에 들고 부르거든 몸을 웅크리고 기어서 가. 그들은 질투가 심하니 이해할 수 없는 이유로 금세 샐쭉해져선 등 뒤로 그것들을 감추고 말 거야. 그러면 여기서 내가—

이윽고 눈앞에 보석과 사탕을 든 커다란 손이 나타난다. 민나는 그 둘이 상당히 비슷하게 생겼다고 생각한다. 동그랗고 반짝거린다. 잘못하면 광물을 삼키게 될 것이다. 간식으로 언약을 하거나…… 그런 소동을 상상하는 동안 시간이 흘러 사탕을 든 손에서 사탕이 녹아 흐르기 시작한다. 땅에 떨어진 사탕에 호박벌들이 모여든다.

삼촌들.

민나는 말한다.

왜 그러니, 귀여운 민나?

호박벌들이 일제히 붕붕대며 대답한다.

하지만 민나는 다음 할 말까지는 생각을 안 했고 그냥 삼촌을 불러보고 싶었던 것이었기에 침묵을 지킨다.

민나, 가여운 아가야. 배고프지 않니?

정말 배고파요.

이걸 좀 먹으렴.

호박벌 삼촌이 뒷다리에 매달고 온 꽃가루 한 줌을 건넨다.

민나는 꽃가루를 받아든다. 하지만 민나의 손은 호박벌 삼촌의 다리처럼 끈끈하지 않아서 호박벌 삼촌의 날개바람이 꽃가루를 꽃으로 돌려보내게 내버려 둔다. 민나는 꽃가루와 함께 공중으로 떠오르는 또를 느낀다. 그때 민나의 몸은 떠오르지 않는다. 득이 남몰래 품은 안도를 가르며 붉은 새가 날아와 민나에게 이른다. 민나가 새에게 여의주를 건네자 새가 그것을 받아 물고 돌개바람을 일으킨다. 작은 또가 큰 바람을 잡아 타고 빙글빙글 민나 주위를 돌며 민나에게 말한다.

기억이 났어요. 작아지는 방향은 저쪽이에요. 저는 저쪽으로 가고 싶어요.

그럼 그쪽으로 가자.

소용돌이를 타고 민나와 또는 엄청난 속도로 날아가며 작아진다. 모래알만큼 작아졌을 때 민나는 득이 외롭겠다는 생각을 하고 잠시 멈추어 선다. 득에게 조금 다가가자 또는 그만큼 멀어지고 민나는 다시 멈추어 돌아본다. 민나는 이제 스스로 멈추는 대신 세상을 멈춘다. 그러자 세상은 멈춘 채로 도는 소용돌이의 중심이 되어 하나의 눈동자처럼 민나를 응시한다. 민나는 그 안에 갇혔다고 착각한다. 소중한 이의 눈동자를 가만히 들여다볼 때면 해방처럼 찾아오는 감금의 착각에서 신도 결코 자유로울 수 없으니 민나는 이제 자신을

현호정

제한한다. 민나는 시간과 공간을 쉴 만한 물가에 정착하도록
허락한다. 두 쌍둥이는 마침내 한데 누워 잠들고, 이제 민나의
몸은 한 번 작아지면 다시 커지는 쪽으로 돌아가지 않는다.
민나는 작은 올챙이처럼 바람을 거슬러 득에게 다가가다,
또를 돌아본다. 또에게 돌아가며 더 작아지다, 더 작아진
채 다시 득을 향해 간다. 또 돌아보고, 가느라 더 작아지고,
뒤돌아보고, 되돌아간다. 돌아보고, 돌아간다.

　신의 고민은 다함이 없으니 민나는 자신이 만드는 장면을
한없이 반복한다. 신의 활동은 허탕이 없으니 민나는 점점
더 작아지는 동시에 점점 더 많아진다. 신의 조화에 오차는
없으니 작고 새로운 민나가 하나 더 나타나면 저 뒤의 사물이
그만큼의 자신을 잃는다.

　고요 속에서 득은 민나를 포함해 세상을 이루는 모든 것이
작은 가루로 부서져 내리는 광경을 보고 있다. 그러나 그가
느끼는 것은 기원이며 창세다. 민나는 자신과 시간을, 공간을,
인과 연, 일과 뭇, 몸과 말, 막과 장을 뭉치고 부스러뜨리고
곱게 가루 내 흩뿌리고 있는 것처럼 보인다. 민나는 너무
많아졌지만 너무 작아졌기 때문에 완벽한 균형을 유지하고,
세상 모든 입자이자 단 하나의 입자로서 텅 빈 우주를 가득
채운다. 최초와 최후가 이마를 맞대고 우주는 이제야 우주가
된다. 탄생에 앞서 부여되어 있던 이름이 마침내 광대한
몸에 안착한다. 민나는 모든 것이 된다. 내내 민나는 모든
것이었다. 그 안에서 비로소 '민나'가 태어난다.

VIII

"희고 통통한 애벌레 '코루'가 인간의 간식이 되든 더 작은
기생충들의 마을이 되든 여전히 하나의 애벌레이듯, 누구든
현재의 자신과 관련 없이 민나임을 나는 이해할 수 있다. 나는
내가 민나이거나 최소한 민나로 이루어진 존재임을 알고
있으며 우리 모두 그렇다는 사실을 마을의 모든 아이들에게
여러 차례 가르쳤다. 내가 병을 쫓아주거나 나쁜 꿈으로부터
밤을 되찾아 주었으므로 아이들은 모두 내 말을 뱃속에서부터
진실로 믿었다. 그래서 그들은 가족 중 누군가 죽으면 큰
소리로 울면서도 슬픔이 자기 마을로 돌아가려 할 때 그의
신발을 감추려 들지 않았다. 그러므로 나는 그들에게 말을
들려주고 그들의 할머니에게 기름 짜는 열매를 받을 자격이
없었다. 실은 내가 그들보다 어리석기 때문이다. 나는 아직
슬픔의 신발을 감추고 있다. 슬픔은 아직 신발을 내놓으라
요구하지 않는다. 나는 아직 큰 소리로 울지 않았다. 모든
일에 단계가 있다는 사실은 두렵다.

　그러나 당시에는 나 또한 까맣게 어린 소년에 불과했다.
모르는 것을 물을 어른은커녕 불을 지펴줄 어른조차
곁에 없었다. 물론 시간이 흘러 이제 나는 더 이상 소년이
아니지만 여전히 인간이라는 점에는 변함이 없다. 그리고
인간에게는 한계가 많다. 나는 시간을 만질 수 없다. 내게
시간은 뭉치거나 되감거나 던져버릴 수 있는 존재가 아니라
속절없이 흘러 사라지는 존재고 심지어 나는 그것을 볼
수조차 없다. 내게 삶은 지금 이것이 전부다. 반복되어 온

'득', 반복될 '득'들의 일을 나는 영영 알 수 없을 것이다. 이런 내가 마지막으로 본 민나의 모습 혹은 결단이 어떤 의미를 지니는지 민나는 알까?

그것은 매우 슬픈 의미를 지닌다.

나는 그것을 작별로 받아들인다.

나는 내가 민나라고 부르던 민나를 잃었다고 느낀다. 우습게도 나는 민나가 사라졌다고 느낀다. 누군가 내게서 민나를 앗아갔다고 느낀다. 민나가 나를 버리고 떠났다고 느낀다. 이런 말들을 누구에게든 털어놓는다면 나는 내가 가진 모든 지위를 박탈당한 채 곧바로 마을에서 추방당할 것이다. 추방은 일생에 한 번으로 족하다.

나는 끝내 다시 민나의 얼굴을 볼 수도, 민나의 목소리를 들을 수도 없을 것이다. 다만 신령한 의식을 행할 때면 민나의 목소리들은 민나가 민나의 기억을 떠올리듯 내 안에서 떠올려질 것이다. 만디오카의 줄기를 잡고 당길 때 만디오카의 덩이뿌리가 딸려 올라오듯이, 내가 내 가슴에서 민나의 목소리를 뽑아올릴 때마다 덩어리진 흙투성이 그리움들이 새로 수확될 것이다. 그러면 나는 그것을 먹고 자라나 사나이에서 노인이 될 것이다. 노인들은 대개 지혜롭지만 나는 아닐 것이다. 그 뒤로 또 시간이 흘러 노인이던 내가 다시 아이가 되면 그제서야 나는 비로소 큰 소리로 울게 될 것이다. 그러면 그 영웅적인 울음소리를 들은 슬픔이 내게 다가와 내 발에 자신의 신발을 신겨줄 것이고 우리는 날개나 바람 없이도 순식간에 민나에게 가게 될 것이다."

옥구슬 민나

득의 기록은 이렇게 끝난다. 샤먼 '득'은 정말 자식을 둘
두었다. 이름이 기록되지 않은 둘 모두 샤먼과 거리가 먼 삶을
살았는데 여기에는 외세나 시대의 영향도 작용했다.

자식들은 득이 죽은 뒤 매장하고자 했다. 그에 관해서는
득도 동의했다. 하지만 묻히는 모양에 대해 의견이 갈렸다.
자식들은 아버지를 편안히 눕혀 묻고자 했다. 하지만 득은
커다란 호리병박을 길러 길쭉한 윗부분을 자른 후 속을
파내고 거기 들어가 웅크린 채로 묻히기를 원했다. 울며
떼쓰는 아이로 돌아간 조그만 아버지의 감시하에 자식들은
호리병박을 재배하기 시작했으나 열매들이 아직 작은 구슬
크기에 불과하던 어느 날 득의 숨이 끊어졌다. 득의 자식들은
착했고, 착하지 않은 자식이라도 부모의 마지막 소원은
어떻게든 들어주려 노력하기 마련이므로 고민 끝에 점토로
둥근 항아리를 빚기 시작했다. 날이 더워 죽은 아버지는
하루가 다르게 부풀었다. 자식들은 항아리를 더 크게 더 크게
계속 다시 만들어야 했다. 어느 날 둘은 포기를 하고, 빵빵히
부푼 아버지 몸이 터지지 않게 주의하며 시체에 초록 안료를
듬뿍 발랐다. 그 뒤에 그것을 굴려 선조들이 새에게 먹히는
방식으로 세상을 뜨던 절벽에 가져다 놓았다.

녹초가 되어 집으로 돌아온 자식들의 눈에 수십 개의
호리병박 하나하나가 아버지의 부패한 시체처럼 다가왔다.
할 수 없이 그것을 모조리 따 자루에 담는 동안 이웃들이
모여들어 자신들이 기른 호리병박을 보탰다. 애도를 차마

　　　　　　　　　　　　　　　현호정

거절할 수는 없었으므로 이 이상한 제물을 하나도 빼놓지 않고 챙겨 해 질 무렵에 다시 절벽으로 돌아가니 아버지는 더 부풀다 절벽 아래로 굴러 떨어졌는지 거기 없었다. 자식들은 가져온 호리병박들을 절벽 아래로 와르르 쏟아부었다. 수많은 초록 구슬들이 허공을 메우며 쏟아져 내리는 모습은 압도적이었다. 그들은 잠시 동안 모든 것을 잊은 채 오롯이 그 순간에 머물렀다.

내가 이 순간을 오롯이 기억하며 종종 꿈으로 꾸곤 하는 게 무엇을 의미하는지, 최근까지는 오해를 하고 있었다. 나는 내가 전생에 득의 자식 중 하나였다고 생각했던 거였다. 그러나 언젠가 함박눈이 펑펑 쏟아지는 걸 보고 있던 나는, 내가 초록 구슬들이 쏟아지는 장면을 아래에서 위를 올려다보는 시점으로 기억하고 있다는 사실을 깨닫게 됐다. 나는 절벽 아래에 있었다. 이 기억이 내 전생과 관련 있다면 나는 득의 자식이 아니라 득일 터였다.

이제 작은 옥구슬 하나를 상상해보자. 눈에 보이지 않는 것은 물론이고 커다란 입자 가속기로도 확인하기 어려워 발견과 상상의 경계를 허물고 과학과 신앙의 관계를 눅이곤 하는, 우주 최초의 입자를.

그것이 만든 우주에 그것으로 만들어진 내가 있어 그것을 만들며 민나라는 이름을 붙이니, 이리 될 줄 민나는 미리 알았으리라. 이미 알고 민나는 나를 지었으리라. 나로 하여금 민나 자신을 짓게 하려고.

옥구슬 민나 　　　　　　　　　　　　　　　163

그런 와중에, 우주를 만드는 것이 그에게 무슨 득이 되냐고?

민나에게 직접 물었다면 민나는 언제나처럼 혼자 생각했을 것이다. 그러다 늘 하듯이 완전히 똑같이 되물었을 것이다. 질문을 되돌려받은 자는 당연히 당황하겠지만 신의 물음에 감히 침묵할 수는 없으므로 어떻게든 생각을 개진했을 것이다. 더듬더듬 말을 시작했을 것이다. 민나는 옴— 하는 소리, 득! 하는 소리, 숫숫, 르르르르 하는 소리와 하, 소리에 이끌리므로 자기도 모르게 그가 하는 말의 내용보다 더듬대는 리듬에 더 집중하기 시작했을 것이다. 마침내 거기서 어떤 규칙을 찾아낸 민나는 실례를 무릅쓰고 조그만 목소리로 차차 그를 따라했을 것이다. 그러다 본격적으로 노래하기 시작하고, 앞에 선 이는 털썩 무릎을 꿇고 두 손을 모은 채 귀 기울일 것이다. 우주적 진실이 선율을 타고 냇물처럼 흐른다. 답을 듣는 이는 시간에 휩쓸리듯 그 줄기에 휩쓸려 다음 언덕에 도달하리라. 그러면 민나는 다시 혼자가 되고, 혼자 지은 끝 구절을 끝없이 부를 것이다. 거칠던 땅에 싹이 나듯이, 추운 밤 지나 해가 나듯이, 그러나 여전히 겁이 나듯이, 민나의 노래는 끝이 나리라.

우주를 만드는 것이 그에게 무슨 득이 되는가—
그를 만드는 우주가 득에게 무엇이 되는가—
득을 만드는 그는 무슨 우주가 되는가—
우주가 된 그는 무엇을 만드는가—

〈득〉

현호정

작가 노트

글이 네 안에 있어서 밖으로 끌어내야 한다고 생각하니까 힘든 거야. 네가 한 마리의 보더콜리라고 생각해 봐. 양이며 나비며 바람 낙엽 모래를 다 몰아와 네 울타리 안에 가둬놓고 같이 뛰는 거야. 중요한 건 끝나고 나면 꼭 다시 다 풀어줘야 된다는 것. 본래 있던 자리로 돌려보내야 해.

글 쓰느라 괴로워하는 친구에게 이와 같이 말한 적 있다. 등단작 『단명소녀 투쟁기』에서 가장 최근에 발표한 단편 「청룡이 나르샤」에 이르기까지 여기 모인 하나하나를 돌려보내는 마음으로 썼다. 거꾸로 흐르는 원천강본풀이. 슬프니까 배웅은 하지 않았지만 잘 가라는 인사는 하면서 보냈다.

다 보내야 또 새로운 게 오지.
이 말을 나는 늘 받아들일 수 없었다.
새로운 게 일단 와야 다 보내지.
그렇게 대답했다.
지금은 그냥 다 갔으면 좋겠다.
나도 가고 싶다.

옥구슬 민나

이형異形을
어루만지는 방식

김다솔

2023년 조선일보 신춘문예로 평론을 발표하기 시작했다.

1. 결코 '이것'일 수 없는

낭시는 몸에 관한 사유를 전개하는 『코르푸스』의 가장 첫 문장을 다음과 같은 예수의 말로 시작한다. 오크 에스트 에님 코르푸스 메움Hoc est enim corpus meum. '이것이 곧 나의 몸이니.' 최후의 만찬 이래 해당 문장은 실체로서 예수의 현존을 밝히고 그로 말미암아 영적 공동체를 구축하기 위해 끝없이 읊어져 왔다. 그런데 낭시에게 이는 오히려 몸이 절대 특정한 '이것'으로 실존할 수 없다는 탁월한 증거다. 만일 존엄한 신의 육체가 변치 않는 완결성을 갖췄다면, 그것의 현실성을 증명하기 위해 제례를 반복할 필요가 없을 것이다. 하지만 육체는 썩어 없어진다. 타자의 신체는 붙잡는 순간 알 수 없는 느낌을 주고 달아나며, 때로는 거울에 비친 나의 몸조차 생경해 한참을 들여다봐야 한다. 그러니 해당 언사는 힘껏 끌어당길 수 있는 "고유한 몸"이 한편으로 어떤 의미로부터도 가로새기에, 반복해서 희구해야 할 "낯선 몸"이자 "말의 바깥"임을 적시하는 말로 다시 읽힐 필요가 있다는 것이다.[1]

낭시는 이 양가성을 '나를 만지지 마라'(놀리 메 탄게레Noli me tangere)의 역설과 함께 사유하길 권한다. 예수가 부활한 직후 마리아에게 전한 이 금기는 태초부터 모자람 없이 만질 수 없는 대상과의 거리감을 확증하는 동시에, 접촉에 대한 한결같은 욕망을 불러일으킨다. 도달하지 못할 대상, 끝내 달성할 수 없을 목표이지만 그럼에도 불구하고 거푸 다가서 기꺼이 실패하도록 만드는 불가피한 힘이 몸과 몸의 만남에

---

1   장-뤽 낭시, 『코르푸스-몸, 가장 멀리서 오는 지금 여기』, 문학과지성사, 2012, 9-10쪽.

이형異形을 어루만지는 방식

작용한다는 것. 따라서 '만지지 말라'고 엄금하며 빠져나가는 실재는 동시에 이렇게 말하고 있다. "나를 만지려면 제대로 만져라, 떨어져서. 전유하려고 하지 말고 동일화하려고 하지 말고."[2]

그런데 우리는 어째서 영영 다다를 수 없을 몸으로 기우는 걸까. 답을 찾기 위해 까마득한 '만질 수 없음'을 꼭 다물지 않은 '열려 있음'으로 조금 달리 표현해본다. 누구도 소유할 수 없는 몸은 내부의 동일성이 아니라 바깥으로 향한다. 그러면서도 타자 그리고 자신과도 좁혀지지 않는 간격을 유지하면서 무엇으로도 동화되지 않는다. 그렇게 몸은 어떤 존재든 드나들 수 있게 트여 타자와 조우할 수 있는 장소가 된다. 그래서 몸을 말하고 쓰는 일은 의미화 사슬에 결박하듯 기호화하는 것이 아니라 몸의 경계에서 그것과 가까스로 '접촉'하여 관계 맺는 작업에 가깝다. "몸만이 만지거나 만지지 않을 수 있"다.[3] 우리는 지상에 존재하는 몸을 통해야만 다른 이와 그지없이 연결될 수 있다.

그런 의미에서 이 단편집에 실린 여섯 편의 소설들은 단언컨대 몸 자체를 씀으로써 스스로를 조심스럽게 건네고, 다른 존재와 이어진 찰나에 그들을 한없이 잃어버리는 분투의 과정을 그린다. 녹아내리고 멀어지는 몸을 향해 손을 뻗고, 뒤틀리고 오염된 몸으로 고통에 공감하는 이들. 유유히 유영하며 대상의 내밀한 면모를 가볍게 쓰다듬거나 무한히 작아지고 많아져 모두에게 가닿는 이 몸들. 그들이 종결되지 않을 노력을 성실히 반복하는 이유는 대상을

---

2   장-뤽 낭시, 『나를 만지지 마라』, 문학과지성사, 2015, 88쪽.

3   위의 책, 86쪽.

                                                    김다솔

현시하기 위해서가 아니라, 간신히 맞닿을 수 있는 면을 최대로 늘리기 위해서다. 그리하여 낯선 자기 자신을, 타자를 어렴풋하게나마 품어 관계와 사유를 확장하려는 것이다. 따라서 온몸으로 밀고 나아가야 하는 이 쉽지 않은 여정 끝에서 우리를 기다리고 있는 것은 더할 나위 없이 다양한 목소리와 온기에서 피어날 새로운 세계일 테다. 온갖 경계를 통과한 뒤 그곳에 도착했을 때 변화해 있을 무언가가 기다려지지 않는가.

2. 무너짐과 열림의 사이

라유경의 「블러링」과 서고운의 「정글의 이름은 토베이」의 인물들은 지금 '이곳'의 현실로부터 멀어진다. 그런데 다른 곳으로 향하는 이 움직임을 세밀하게 살피면, 흐릿하지만 뭉근한 또 하나의 몸짓이 보인다. 그들은 멀어지는 와중에도 끝내 닿을 수 없는 고스란한 몸, 타자의 자취를 찬찬히 되짚고 있다. 두 소설에서 사회 혹은 다른 이로부터 떨어지려는 결단이란, 단절을 기본으로 삼는 세계의 문법에 떠밀려 주어지거나 더 이상 고통받고 싶지 않은 마음에서 비롯되기 때문이다. 따라서 부재로서만 감각되는 어떤 흔적을 더듬는 누군가의 모습은 사회에서 고립되어 작아진 인물들의 군상이기도 하다.

「블러링」은 제목 그대로 상대의 형상을 흐릿하게 지워내는 기술과 거리감이야말로 관계를 떠받치는 속성이 된 '블러링 사회'의 단면을 바로 비춘다. "언니의 몸이 기억나지 않는다"는 고백으로 서두를 여는 '나'(유정)는 여느 날과 다르지 않은 일상에서 돌연 "옆자리에 앉아 있던 언니가 녹"아 액체로 변하는 광경의 "유일한 목격자"가 된다. 열여덟 살까지 보육원에서 생활한 뒤 "자립은커녕 고립되라고 주는 돈 같았"던 적은 액수의 "자립지원금"과 함께 사회에 내던져졌던 '나'는 혼자서 "이 사회에 달라붙으려 온갖 힘을 쥐어"짜왔다. 부모님의 이혼 후 함께 살아온 할머니와 몇 년 전 사별한 '언니'(미정) 역시 '나'와 별반 다르지 않은 상황이다. "우연이 겹친 운명"처럼 만나게 된 '언니'는 유일하게 "나와 닮은 사람도 있다는 걸 확인시켜주는 사람"이었다. 또한 상대를 입양하고 서로의 마지막을 지켜주자고 다짐할 정도로 '누군가와 함께인 미래'를 꿈꿀 수 있게 하는 존재이기도 했다. 그러나 애석하게도 끝내 '나'의 손에 들린 것은 "한 사람이 녹아내린 양이 이 정도밖에 되지 않는다는 사실에 허무함이 밀려"들 정도로 터무니없이 적은 양의 맑은 액체뿐이다. 기이한 상태변화는 "뚜렷한 몸의 윤곽선"을 지닌 채 "정물화처럼 놓여" 더없이 생생하던 '언니'의 육체와 존재에 대한 '나'의 감각을 무자비하게 흩트린다.

오직 인간에게, 그리고 한국에서만 벌어진 괴현상에는 불가사의함만큼이나 무성한 소문이 따라붙는다. 미증유의 사태로 인한 공포의 정동이 팽배하고 지구의 종말이 논해지는 가운데 그것이 외로움의 농도 때문에 생기는 "고독사의

김다솔

새로운 형태"로 받아들여진다는 점은 유독 눈길을 끈다.
이 추측은 액체로 변한 사람들이 공통적으로 혼자 사는
무연고자들이라는 다소 빈약한 근거에 기대고 있기에 어쩐지
"터무니없는 주장"처럼 느껴진다. 하지만 스스로를 '혼자'로
정체화한 이들에게도 과연 그러할까. 허무맹랑한 소리는
"나도 혼자였기 때문"이라는 현실의 실존적 조건과 만날 때
금세 불안의 불씨가 되어 옮겨붙는다.

　이와 관련하여 타자와 관계된 기억 혹은 기록과 관련한
'나'의 삶의 내력은 무신경하게 지나치기가 어렵다. '나'는
인터넷 로드뷰 사진 중 보안시설 혹은 개인의 사생활을
침해할 수 있는 정보를 블러링 처리하는 프리랜서인 동시에
갑자기 녹아내린 '언니'를 마지막까지 기억하고 보살피려
애쓰는 이다. 즉, 한 존재를 힘껏 문질러 "얼굴에 안개를
뒤집어쓴 유령"으로 만들기도, 강제로 뭉개지며 "세상에
없는 존재"가 된 '언니'에게 "언니는 혼자가 아니야"라고
속삭이기도 하는 어떤 어긋남이 '나'에게는 있다. 그리고
소외를 두려워하면서도 변함없이 유지하게 되는 이
간격이야말로 현재 한국의 세태를 시리도록 적확히 묘사한다.

　프리랜서로서 함께 작업하던 공유 오피스에서 '언니'의
몸이 녹아 사라지는 모습을 본 사람이 '나'밖에 없었던 건
어쩌면 예정된 결과였다. "빈자리 없이 만석"인 공간을 함께
쓰는 이들은 "매일 보는 얼굴들"이지만 서로 필요한 것은
자유로이 취하되 관계에 대한 책임은 지지 않는 "반투명한
느낌의 동료들"에 불과했기 때문이다. 누군가와 눅진하고

이형異形을 어루만지는 방식　　　　　　　　　　173

두터운 관계를 맺기 위해서는 자신만을 생각하는 자폐적인 상태에서 빠져나와야 한다. 자신만의 이익, 자신만의 성과, 자신만의 미래처럼. 하지만 "각자 노트북에 시선을 고정하고 일하기 바"쁜 사람들에게는 눈 돌릴 틈이 존재하지 않는다. 그들 사이에서 떠오르는 함께 있음의 감각이 어딘가 "기묘한 소속감"일 수밖에 없는 건 바로 이 때문이다.

반면에 '나'는 세상에서 어떤 존재가 사라지는 순간마다 타는 듯한 갈증을 느껴왔다. '언니'가 녹아 없어지던 장면을 떠올릴 때, 동물 학대의 현장에서 강아지를 뿌옇게 지워나갈 때처럼 말이다. 그리고 갈증의 원인에 스며들어 있는 "그저 그 장면을 지켜볼 수밖에 없었던 나 자신"을 향한 '나'의 자책과 회한은 다른 존재에 대한 사랑과 책임에 정비례한다. 그 증거로 '나'는 "우리 둘 사이에 이어진 끈이 더 단단했다면 언니가 액체로 변하지 않았을 거라는 생각"과 일터에서 죽어간 동료들의 모습을 곱씹어온 사람이다.

그런데 이쯤에서 '나'가 액체를 버리기로 결심하며 맞이하게 된 "이상한 해방감"에 주목해보자. '나'는 "나를 책임질 수 있다"는 호주인 남편과 결혼을 약속한 뒤 액체와 거리를 두며 이상야릇한 만족감을 느낀다. 이때 남편이 "육체를 가진 언니 같은 존재"로 다가왔다는 사실은 중요해 보인다. 이러한 '나'의 변화는 '언니'의 액체를 처음 대면한 순간 "텀블러 속 액체가 두려움과 공포를 불러일으키는 어떤 무엇처럼 느"껴진 때와도 이어진다. "뿌옇게 처리한 농도를 더 진하게 해달라고 하"는 사회에서, 아무도 모르게

김다솔

홀로 사라질지도 모른다는 공포는, 존재를 향한 진실한
애정마저도 혼자가 되지 않기 위한 허울뿐인 관계에의 몰두로
곧장 미끄러지게 만든다. 그렇기에 사라진 사람들에 대해
관심을 가지고 떠들다가도 그런 일이 있었던 것조차 잊은 듯
조용해진 이들과 "원래 없었던 것처럼. 아무 일도 일어나지
않았던 것처럼" 액체를 버리기로 결심하는 '나'의 모습은
씁쓸하게 겹쳐진다.

　따라서 「블러링」이 존재를 지워버리는 모종의 삭제로부터
'언니'와의 관계를 지키려는 '나'의 고투와, 타자의 삶을
대하는 사회의 무관심과 냉대를 대척점에 세워놓는다고
생각한다면 이는 바로잡아야 할 오산이다. 다른 존재와 내가
무관하다고 애써 믿게 만드는 사회에 소속되어 적극적으로
따르고 방관하는 태도야말로 '블러링 사회'를 유지하는
근본적 동력이다. 이 압력은 무엇보다도 개인의 생존과
직결되기에 질서로부터 완연히 자유로운 개인을 손쉽게
소거한다. 그렇기에 간신히 '언니'의 흔적을 어루만지던
'나'의 손끝이 점차 무뎌지는 과정은 안타깝게 다가오지만,
그러한 선택을 마냥 비난만 할 수는 없는 것이다. 그러니
액체로의 변화를 끝이 아닌 시작으로 여기고, 상이해진
신체의 생동감을 여전히 특유한 존재의 속성으로 여기던
'나'의 마음이 변한 그 순간에야 '언니'는 진정으로 사라진 게
아닐까.

　고유함을 잃은 얼굴은 잊히기 쉽다. 녹아내린 이들이
삽시간에 망각되는 것처럼 말이다. 그런데 부당하게 사라지는

누군가의 얼굴이 익숙해지면서 간과되는 것은 언제든지 그 자리에 자신이 들어설 수 있다는 사실이다. 혼자서만 지각할 수 있었던 액체의 목소리와 움직임을 차차 잊어버리게 된 '나'는 결말에 이르러 알고 있던 바와는 다른 '언니'의 면모를 확인하고서도 관심을 가지거나 뒤돌아보지 않고 떠난다. 이때 액체 위에 비쳐 보인 '나'의 마지막 모습이 "누구를 닮았는지 알 수 없는 얼굴"로 희끗하게 떠오른 것은, '나'로 서기 위해 타자를 등질 때 그토록 지키기 위해 매진한 나조차 잃어버리게 되는 현실이 표면 위에 함께 어린 탓이다. 라유경은 가려진 얼굴들의 흔적과 더불어 쏘아보아야 할 현주소를 한층 선명하게 복원하고 있다.

「블러링」이 닿기 위해 노력하던 타자로부터 등을 돌리게 만드는 힘에 밀려 자신마저 잃고 마는 개인을 다루었다면, 「정글의 이름은 토베이」에는 세계의 멸망을 꿈꾸지 않고는 버틸 수 없는 현실에서 어디론가 떠나야 한다고 되뇌는 목소리들이 있다. 유학 업체의 컨설턴트로 일하는 '순지'는 지구가 각양각색으로 망해가는 꿈속에서 아무것도 할 수 없는 자신을 본다. 무력감을 꼭 맞는 옷처럼 둘러 입은 태도는 일상에서도 동일하게 이어지는데, '순지'는 대개 자본을 위시한 불공정성과 폭력 앞에 지나칠 만큼 고분고분하다.

세계는 일부에게 기회와 권력이 편중되는 질서가 막힘없이 순환할 수 있도록 두 가지 방식을 교차한다. 현실이 쉬이 바뀌지는 않으리라는 체념을 심어주면서도 체제 내의 삶을 최대한 오래 유지할 수 있도록 일종의 환상을 함께 제공하는

김다솔

것이다. '순지'는 전화 상담을 통해 지금 여기가 아닌 곳, 명확히 설명할 수는 없지만 어떤 종류의 희망이 있다고 믿어지는 곳으로 사람들을 부추긴다. 이름이 너무 귀여운 탓에 신뢰를 줄 수 없다는 지적을 받아들여 '수잔'이라는 외국식 이름으로 바꾸면서까지 '순지'가 공들여 판매하는 것은 "새롭고 넓은 미래"다. 하지만 내성적인 '순지'가 최선을 다해, 최대한 친절한 목소리로 나열하는 환상의 본질은 배로 차이가 나는 중개 수수료 때문에 "간신히 필리핀이나 보내던 순지에게 영국 고객은 대어"가 되는 실상에 있다. 물론 그 기저에는 온 힘을 다해 쉬지 않고 일해도 터무니없이 적은 월급과 "돈 관리를 제대로 해보려고 마음먹었는데, 나눌 돈이 없"는 현실이 함께 놓인다. 따라서 "평온하고 즐거운 나날에 한 걸음 더 다가가리라"는 '순지'의 다짐은 "누구보다도 친절하고 감사하게 토베이 유학을 팔아내리라"는 결심과 다르지 않다.

그러나 '순지' 역시도 답습된 체념과 가혹한 환상에 종속된 처지라는 대목에서 비정함은 더욱 가중된다. "순지가 받는 돈의 세 배를 받"는 "고급 인력"인 '박준수'는 세습된 자산과 문화자본의 격차 때문에 경험의 정도가 비교 불가능할 만큼 벌어진 인물이다. 항상 최선을 다하지만 "구글링을 하고 블로그를 뒤져 얻어낸 데이터보다는 박준수의 경험에서 나온 한마디가 절대적으로 유리"한 현실의 계급 차는 사회적 문제임이 분명하다. 그러나 이는 "요즘은 소셜한 것도 다 능력이야"와 같은 개인의 노력 문제로 일축된다.

"중국계 이민자가 일방적으로 얻어터졌지만, 사실 그런
일은 비일비재"하고, 총격 사건이 연이어 발생하며, "진짜
쓰레기로 만든 마을"과 명품 숍이 가득한 "쇼핑몰"이
차로 10분 거리에 있는 곳. 답이 오지 않는 채팅방에
메시지를 보내고 얼굴도 이름도 정확히 모르는 상담사에게
"구구절절한 인생사를 푸는" 사회. '순지'의 유일한 친구
'유영'이 말해준, 외로워서 사람들을 잡아가는 한강의 괴물
이야기는 순지를 포함한 대다수의 현대인을 떠올리게 한다.
    이런 사회에서 사람들은 늘 어딘가로 떠나고 싶어 한다.
그러나 애석하게도 "평생을 신길동에서 살아온 순지는
신길동 바깥의 세상을 말하는 데 있어 좀 더 신중해야"
했듯이, 바깥을 경험해본 바 없는 이들이 종속된 환상에서
벗어나기란 더없이 지난하다. "던전에서 태어난 사람들은
강 위의 세계를 절대 알 수 없"듯이. '순지'가 호주로 가던
'유영'의 말을 "결의에 가까운 믿음"으로 믿는 이유도
떠나기가 얼마나 어려운지를 몸소 체감하기 때문이다. 이토록
난망한 현실 속에서 '순지'는 지구가 멸망하는 이유도,
사람들이 떠나고 싶어 하는 이유도 명확히 알 수 없어
자주 체념하면서도 "다 뻗었다고 생각될 때 일 센티만 더
뻗으세요"라는 말에 여전히 희망을 건다.
    '토베이 아줌마' 역시 그중 한 명으로, 그는 '순지'와의
상담에서 "자기 공부를 하"며 살고 싶다고 자신의 생애를
늘어놓으면서 "별걸 다 정성스레 문의"해왔다. 그녀와 계약을
체결하면 평범한 일상이 가능해질 거라고 믿었던 '순지'는

김다솔

갑자기 잠적한 그녀에게 배신감을 느낀다. 그러던 중 우연히
'토베이 아줌마'가 윗집에 산다는 걸 알게 된 '순지'는 마치
정글처럼 "온갖 초록색으로 차오른 방"에서 그녀를 대면한다.
"유령" 혹은 "무게를 빼앗긴 잠수함" 같은 아줌마는 '순지'가
보내준 "토베이와 토베이 아닌 어딘가의 사진들"을 호주라
칭하며 없는 이야기를 쏟아낸다. 사진의 장소가 진정한
'토베이'가 아니어도 되는 이유가 여기서 드러난다. 어디든
상관없이 지금의 현실에 적응해 살아갈 수 있게 할 환상이
필요할 뿐이기 때문이다.

그런 그녀를 등지고 방으로 돌아온 '순지'는 "역시 여긴 안
되는 걸까" 하고 중얼거리다가 "불고 나니 사라져 그만"인
작고 희미한 풀을 발견한다. '순지'가 조용히 방 안에서
"미래를 결정"하는 '일 센티'를 위해 손가락을 뻗어보는
마지막 장면은 다소 무거워 보인다. 그런데 간신히 뻗은
손가락이 무의미한 허공이 아니라 예상치 못했던 누군가에게
미칠 순 없는 걸까. 그 끝이 '토베이 아줌마'의 "정글로
가닿는 듯"할 때 우리는 현실을 외면하고 싶을 때마다
만져지는 타자의 물성을 떠올리게 된다. 아무리 끊어내고
불어 없애도 어느샌가 곁에 다가와 있는 여린 잎처럼. 두
소설은 안간힘을 써도 온전히 포개질 수 없는 다른 이의 몸과
떠나보지 않으면 바깥을 알 수 없다는 걸 감각한 절망의
순간을 거쳐 일종의 깨달음을 전한다. 이 무너짐으로 인해
어쩌면 그 모두를 새롭게 마주할 수 있을지 모른다고.

3. 오류의 확산과 고발하는 신체

그렇다면 곁에 서 있음을 알아차릴 수조차 없을 정도로
아스라하고 닫혀 있는 어떤 몸과 접속하는 방법은 과연
무엇이 있을까. 어쩌면 기존의 회로에 흠집을 내고 균열을
일으키는 오류로서의 몸들이 그런 역할을 해줄지도 모른다.
예소연의 「통신광장」은 현실과 가상의 경계에서 자신의 몸을
열면서 기꺼이 불안정한 오류적 존재가 되어 타자와 닿기를
택한 이들의 이야기다. 소설은 영화 〈접속〉(1997)을 모티프로
삼는다. 이에 영화의 주인공 '수현'과 '동현'이 PC통신
광장에서 서로 채팅을 나눈 아이디 '여인2'와 '해피엔드'의
계정에 각각 접속한 '민영'과 '나'의 우연한 만남은 이야기의
골조를 이룬다. 통신광장에서 쪽지로 자신을 "수현이었던
사람"으로 소개한 '여인 2'와 "저는 동현이었던 사람은
아닌데요"라고 답한 '나'는 서로를 정말 영화의 인물들로
받아들이지는 않지만, 그럼에도 불구하고 서로를 만나기 위해
접속한다.

　'나'와 '민영'은 "혼자여서 비참한 때"를 누구보다 잘
이해하면서도 그럴수록 더욱 다른 이에게로 가닿는 몸짓을
버거워하는 인물들이다. '민영'은 "통신광장 속에서 영원히
안주하"려 하고 "대화를 할 때 같은 지점을 명중할 수 있을
거라곤 생각하지 않"는 "완고한 사람"이다. '나'는 누군가
폭행당하는 사람을 보고도 두려움에 아무것도 하지 못했던
경험 이후 "현실의 인간보다 모니터 속 인간을 더 신뢰하게"
되었다. 또한 "전 세계에서 유저들이 가장 많은 숙박사이트의

　　　　　　　　　　　　　김다솔

모바일 상담원으로 근무"하면서 고객의 입장과 불편함을 헤아리기보다 최소한의 금액 손실을 제1원칙으로 삼아 고도의 효율성을 추구하는 회사의 매뉴얼을 충실히 따르는 이기도 하다.

그런데 현실과 가상의 경계를 지우다 못해 오히려 '가상공간'을 "내 삶의 터전"으로 삼는 이들의 선택을 무력한 도피로만 보기에는 어쩐지 아쉬운 부분이 있다. 강퍅한 '민영'의 태도는 사실 현대의 의학으로 치료할 수 없는 "인지저하증 증상"을 겪으며 살기 위해 무엇이든 하려는 노력에서 비롯되었다. "동시에 다른 시간을 살 수 있다고 믿"으며 "전혀 다른 사람"이 될 가능성을 찾기 위해 전력을 다한 결과로 '민영'은 인체 냉동보존 서비스를 선택한다. 그렇기에 과거의 통신광장으로 돌아가고 싶었던 마음과 살기 위해 미래로 가고 싶은 마음의 교차는 단순히 시간의 선후 관계와만 결부되어 있지 않다. '민영'은 자신이 떠난 후 홀로 남을 연인인 '여자'를 위해 '나'를 집에 초대하고 '나'와 완벽한 해답이 없는 문제들을 곱씹었듯, 오류가 되어 순차적인 시간성을 거부하는 방식으로 타자에게 열려 다른 가능성을 틔울 수 있는 "자기만의 세계"를 지키려 했을 것이다. 이는 "낭만적인 사람"만이 가질 수 있는 "자기 세계에 대한 무모한 확신"에서 배태된 모종의 희망이자 가능성이었다.

'나' 역시 닫힌회로 속에 "영원히 잔류하는 존재들"처럼 '여인2'와 자신을 '오류'로 파악하면서 둘의 마주침을 "오류가 오류를 만난 셈"으로 여긴다. 그런데 중요한 것은 '나'가

오류끼리의 접촉을 "다른 말로 하면 그게 바로 시작"이라
파악한다는 점이다. 오류는 혼란스러운 무질서가 아니라,
나름의 질서를 지니고 시간이 다르게 흘러가는 방식의 일종이
될 수 있다. 그렇다면 오류는 더 이상 소거되어야 할 예외가
아니다. 오류는 고유한 질서와 그 자체의 가치를 지니는
새로운 존재로 거듭나며 사방으로 뻗어나가는 "저마다의
세계"가 되어 현실을 확장한다.

　때문에 삶에 "멋대로 틈입해버린 여인2"와 오류로서
접촉한 이후, '나'는 점차 정돈된 세계에 내재한 균열을
직시한다. "평생 구경만 할 셈이니"라는 자문에 답하지
못했던 '나'가 "이렇게는 살고 싶지 않다고" 처음으로
생각하게 된 것 역시 뜻밖에 주입된 '민영'의 무모한 믿음
덕이다. 그에 따라 깔끔한 숙소에서 바퀴벌레를 목격한 뒤
"내 인생의 모든 게 흔들리기 시작"했다며 "두려웠던 것에
대한 조치를 바라는 일본인"의 요구는 세계에 대한 문제
제기로 다가온다. 흠결 없이 정돈된 안락한 일상과 굳건한
세계가 거짓된 환영임을 깨달은 데에 두려움의 핵심이
있었기 때문이다. 오류가 존재하기에 기울어지고 확장될
수 있는 세계를 받아들이게 된 '나'는 "이제 수현이 아닌,
수현이었던 사람"을 바라고, 그러한 변동을 여실히 실감한다.
"끝내 어긋나는 만남"보다는 "만나야 될 사람은 반드시
만난다"는 말을 더욱 무모하게 믿기로 다짐한 뒤 새로운
시작을 위해 "얼마간 상심하는 것쯤은 괜찮다고" 여긴다.
그러므로 매뉴얼을 따르지 않는 오류가 되어 "온 마음"을

　　　　　　　　　　　　　　　　김다솔

다해 세계를 직접 바꿀 엄두를 낸 '나'가 일본인에게 한 번 더 메일을 보내기로 결심하고, 타인에게 닿는 동시에 멀어지기를 반복하는 변화는 어쩐지 찬란하다. 오류가 되어 멈추지 않고 뻗어나갈 '나'의 행보는 순환하는 구조에 의문을 심으며 다른 이와의 우연한 접촉으로 인한 불규칙한 시작을 꿈꾸게 할 것이다. "광장에선 어디로 가든 나가는 방향"이기에.

자본 구조에 의해 구성된 '안전한 삶'이라는 허구를 뒤틀린 신체로 고발하는 또 다른 오류적 인물들은 성혜령의 「대체근무」에도 등장한다. 지방 산업도시에 위치한 대기환경 연구소에서 대학원 과정을 수행하던 '단강'은 한 선배의 소개로 근무 공공기관의 주임 연구원으로 일하게 된다. 전임자의 육아휴직 대체 근무로 1년 단기 계약인 자리지만 '단강'은 정직원들처럼 "주름이 매끄럽게 정돈된 삶. 보풀이 인 옷을 버리고 새 옷을 살 수 있는 삶"을 누리고 있다고 잠시나마 적극적으로 "착각"한다. 그러나 전임자 '임 주임'이 육아휴직을 조기 종료하고 복직하면서부터 문제가 발생한다. 착각에 불과한 삶일지라도 유일한 희망으로 삼아 집착하게 된다면 자신의 생존을 위해 그 자리에 있는 대상을 끌어내리려는 탐심이 솟아날 수밖에 없기 때문이다. 따라서 '임 주임'의 복귀 직후 "사무 보조"가 된 '단강'은 자기도 모르게 "전임자가 그렇게 무능하다고들 하니, 혹시 모르지 않나, 하는 생각"에 빠지고, 자주 자리를 비우는 '임 주임' 대신 "전과 마찬가지로 일"하는 자신의 처지를 돌아보며 그녀를 헐뜯는다.

그런데 정말 겨냥해야 할 대상은 내 곁에 있는 타인의 삶일까. 아무리 노력해도 겨우 연명하는 느낌을 지울 수 없어 허덕여야 하는 근본적인 이유는 무엇일까. 애초에 '단강'이 속한 연구실의 안전 재난 사고에서 출발한 소설은 '안전'을 이중적 의미에서 알레고리화하여 어떠한 측면에서도 안전이 제대로 지켜지지 않는 역설적인 현실을 조명한다. 이때의 안전은 산업사회에서 물리적인 차원의 염려와 직접적으로 관련된 한편 최소한의 인간다운 삶을 보장하는 장치이기도 하다.

하지만 생명의 존엄성과 살 만한 환경의 보존을 위해 설립된 공공기관에서조차 자본의 위력 앞에 인간은 당연하게 소모품으로 쓰인다. 임신한 '임 주임'의 근태를 문제 삼으며 은근히 질책하던 사람들은 조기 복직의 사유가 아이의 사망임을 알게 되자 비난의 기색을 별안간 감추고 걱정만을 내보인다. 사람들은 아이의 사망 원인을 추측하며 아기들은 "아무 이유 없이" 죽기도 한다거나, "우리가 알지 못할 뿐, 이유야 있겠지"라고 쉽게 쏟아낸다. 타인의 고통과 불행에 자신들의 책임은 으레 없으리라 생각하는 이 손쉬운 망각과 합리화는 비정하다 못해 매섭다. 또한 폭발 사고가 난 공장을 조사하던 중 비싼 장비를 보호하려 몸을 던지고 "사고에 대한 후유증을 사유로 유급 휴가를 쓸 계획"을 자랑스럽게 말하는 '김 조사관'의 태도는 부품과 다를 바 없이 가치를 매겨 줄 세우는 인간 신체의 자본화를 여실히 보여준다. 아이를 가질 수도, 생명의 위협으로부터 무조건적으로 안전할 수도 없는 사회에서 안전 관리란 사실상 하나의 장치에 가깝다. 진정한

김다솔

안전을 도모하기 위해서가 아니라 질서가 정상 작동할 수
있는 범위 내에서의 현상 유지를 위해 동원되기 때문이다.
이러한 가치 아래 타인의 몸은 손을 내밀기에 지나치게
차갑고 딱딱하게 느껴진다.

자본을 필두로 한 세계의 폭력 앞에 분리되고 얼어붙은
몸들이 견고히 벽을 세우는 지금, 사회의 압력에 변형된
신체를 지닌 '단강'과 '임 주임'의 묘한 관계를 다시 들여다
볼 필요가 있겠다. '단강'은 부모의 이혼으로 외할머니의
집에 기거하던 어린 시절, 바로 옆 비료 공장의 연기 때문에
"몸의 근육이 뒤틀"릴 만큼 극심한 "기관지 염증성 천식"을
앓았다. '단강'이 "대기오염 저감장치를 연구하는 기업"을
목표로 삼은 이유도 "자기를 아프게 한 세상을 조금이라도
나은 곳으로 만들고 싶었"기 때문이다. 그러나 더 나은 삶을
위한 행보에도 자기의 안위를 도모하려는 욕심은 알아차릴
새도 없이 음습한다. 그렇기에 '단강'이 "대기업의 연구소"를
고집하고 '임 주임'을 향해 때때로 적개심을 드러내는 연유를
덮어놓고 비난할 수 있는 이는 많지 않을 것이다.

하지만 '단강'은 화학 분자처럼 "무엇이라도 있는" 증거인
"썩은 냄새"에 이끌리고, 누군가의 생이 아무도 모르게 터져
죽어가고 있다는 사실을 "폭죽 터지는 소리"로 감각하는
사람이기도 하다. 암에 걸린 아내를 돌보던 지도교수가
연구실에서 사망했다는 소식을 들었을 때도, 생각보다 컸던
폭발을 감추기 위해 멀끔한 외관으로 위장한 공장에서도
'단강'은 그 소리를 감지한다. 그렇기에 '단강'은 생존

앞에서는 불화할지라도, 외모 강박에 고통받으며 신체의 변형이 두려워 임신 이후 아무도 없는 곳에서 구토하는 '임 주임'의 등을 쓸어주는 인물이다. "뾰족한 등뼈에 손바닥이 찔리면서도."

이 소리는 고초를 겪는 타인에게 신경 쓰지 않는 사회를 겨냥한다. 타자의 소멸에 자신이 연루되어 있다고 추측하지 않는 사회. 따라서 눈길조차 주지 않고 곁에 선 이를 죽음으로 내모는 무감한 사회야말로 겨누어야 할 진정한 대상이다. 공장에서 외국인 직원의 테러 가능성을 논하는 남자가 머리를 찧으며 "아무도, 신경, 을, 쓰지, 않으니, 도대체, 어떻게, 되는, 거죠, 이, 나라, 는"이라고 말할 때, 출처를 알 수 없는 매캐한 냄새와 사이렌 소리가 퍼진다. "이상한 일"로 간주하고 자리를 뜨려는 '단강'의 팔을 거부하고, '임 주임'은 손을 뻗어 벽과 닿는 남자의 뒤통수를 받쳐준다. "한 번만, 자세히 봐주세요."라는 남자의 애원에 긍정적으로 답하는 '임 주임'을 보며 '단강'은 처음으로 그가 괜찮기를 진심을 다해 바란다.

아무도 다른 이에게 신경 쓰지 않는 게 본질인 나라에서, 겪은 바 있기에 알 수 있는 타자의 고통을 감각하는 뒤틀리고 변형된 몸들은 이토록 사려 깊게 타자를 바라보며 질서의 무결함을 자세히 따져 묻는다. 그러므로 이들의 몸은 다소간 망가졌을지언정 완전히 무너지지 않았다. 끝내 살아남아 아무것도 없어 보이는 곳에서 박동을 끌어내고, 삭제할 수 없는 오류로서 질서를 고발하는 이 존재들이 있기에 세계의 규율은 더욱 힘을 잃는다.

김다솔

4. 창조하는 존재, 증명하는 빛

앞선 소설들에서 의문하는 신체가 일으킨 오류는 늘어지고 팽창하는 세계를 상상할 수 있게 만들었다. 비로소 완결성을 벗어던진 현실의 창조를 꿈꿔볼 수 있게 된 것이다. 그렇다면 창조에 있어서 인간은 왜 신을 부르는가. 자신을 포함한 삼라만상의 근원을 알고자 욕망하기 때문이다. 그 결과 다음의 문장은 지나치게 낯익다. '신이 모든 것을 만들었다.' 신을 창조주로 좌정시키는 방식은 해묵었지만 내내 그럴듯한 효과를 발휘해왔다. 하지만 신화는 하나의 이야기인 동시에 역사다. 신화의 서술에도 차별하고 배제하는 권력이 스며들어 있다는 뜻이다. 구태여 돌이켜보자면 서구문화를 지탱하는 창조신의 권능은 얼마나 독점적이고 배타적인가. 벌하면서도 사(赦)할 수 있는 유일한 목소리가 있을 때, 모든 존재는 선하고 악함에 상관없이 그 반향에서 결코 자유로울 수 없다.

그런데 신화가 불변의 진리가 아니라 누군가가 지어낸 하나의 이야기라면 이런 추측이 가능해진다. 의심 없이 독존해온 세계가 실은 자기 완결적인 게 아니라 다양한 상상력이 보태지지 않아 결핍된 상태였을지 모른다고. 만일 그렇다면 세계는 또 다른 서사적 힘에 기대 새롭게 (재)창조될 수 있지 않을까.

그간 꾸준히 신화 다시-쓰기 작업을 수행해 온 현호정은 이번에도 이러한 가설로부터 출발한다. 작가 자신의 술회처럼 「옥구슬 민나」는 "거꾸로 흐르는 원천강본풀이"로 쓰였다. 이제 살펴보아야 할 것은 두 가지다. 이야기는 어떤 면에서

이형異形을 어루만지는 방식　　　　　　　　187

「원천강본풀이」와 같은 결을 지니는가? 비교적 답하기 쉬운
문제다. 「원천강본풀이」는 제주도 서사무가 중 하나로,
'본풀이'라는 말의 뜻 그대로 세계를 만든 신의 근본을
설명하는 일종의 창조 신화다. 서사는 들판에서 솟아난 옥
같은 여자아이 '오늘이'가 신적 공간인 '원천강'으로 향하여
종국에는 신녀가 되는 여정을 중심으로 삼되, 그 과정에서
중요한 여타 존재들과의 만남을 상세히 다룬다. 「옥구슬
민나」 역시 '신'인 '민나'의 내력을 알기 쉽게 밝히고 그와
타자들의 조우를 보여주는 이야기다. 그렇다면 어떤 연유로
신에 대한 풀이는 거꾸로 흐르는가. 현호정은 크게 두
가지 측면에서 기존의 신화에 역행한다. '민나'의 이야기는
신의 존재 의미를, 그리하여 정연한 우주의 순리를 가뿐히
거스른다.

　　"그 뒤에 일어날 일"을 까닭 없이 헤아리고 "이유는
알 수 없지만 마음을 느"낄 수 있는 '민나'는 "모든 것을
아시는 분"이자 "신이여"라고 불리는 틀림없는 신적 존재다.
그러나 '민나'는 모든 것을 혼자 형성할 수 있는 완전하고
절대적인 실체로서의 신이 아니라, 다른 이들과 함께 구성한
상상력으로 세계를 거듭 창조 중인 이야기꾼에 가깝다. 신의
존재 의미는 바로 여기에서 비틀린다.

　　"민나는 민나의 어머니보다 먼저 태어났다"라는 문장으로
시작하는 긴 이야기는 '민나' 자신이 들려주는 기원과
창조의 서사다. 이때 '민나'의 개입에 "……민나, 이렇게
간섭하면 이야기는 끝이 난다"고 타이르는 목소리는 신화가

　　　　　　　　　　　　　　　　김다솔

다성적으로 이루어졌다는 증거로 읽힌다. 이러한 다양성은 '민나'가 우연히 닿은 존재들을 귀하게 여긴 결과다. 다시 말해 이 여정의 핵심에는 제압하고 정복하는 신의 역능이 아니라, 다른 존재들에 이끌려 그들을 보고, 듣고, 감각하는 열린 신체의 연결성이 자리한다. '민나'는 작아지는 것을 겁내는 강아지 '또'의 두려움을 해결해주기 위해 길을 나서고, 말인 '꼭'의 빛나는 눈을 오래도록 들여다본다. 또한 도롱뇽으로 돌아가고 싶어 하는 용 '곧'의 다름을 각별히 여기고, "무수히 많은 눈동자를 지닌 이"가 되어 신을 모르는 존재이기에 다른 세상을 만들 수 있을 '득'에게로 향한다.

'민나'가 누군가의 소리를 듣고 관계 맺을 때 생겨나는 문답으로 세계는 끝없이 새로워진다. 예컨대 우주의 원리를 '독'과 '득' 사이에서 가늠해보는 '민나'와 '새'의 대화가 있다. '새'는 '민나'를 "모든 구원"과 "고통"을 일시에 주는 무소불위의 창조자로 여겨 "온 우주를 사랑스러운 뱀으로 삼"아 세상에 "독"과 같은 시련을 푸는 이유를 묻는다. 이에 '민나'는 독이 아닌 '득'을 원리로 답하고, "득이 무엇"인지를 구하는 '새'와의 시간을 되돌려 그가 직접 답을 찾도록 재차 질문한다. '새'가 내놓은 의미는 "내 몫 가운데 죄가 아닌 것" 그리고 "벌이 아닌 것"이다. 신이 만물을 잉태했다는 통념과 달리 신과 존재의 움직임이 함께 얽혀야만 형성되는 우주의 원리가 여기에 있다. 여기에서 어떤 다름과 특별은 '죄'나 '벌'이 아니라 하나의 창조적 근원이다. 그리고 이를 덜어내면 존재가 있는 그대로 가질 수 있는 몫은 삶 그 자체가 된다.

따라서 '득'은 누구의 간섭과 방해 없이 존재 스스로 지닌 자체의 의미와 다르지 않다. "그게 네 뱃속에 다 있느니라. 안도와 기쁨을 네가 누릴지라."

　이처럼 기존의 인과관계가 정지하는 순간, 모든 존재는 자체의 온전함에 기반해 무엇이든 될 수 있는 "희고 작고 둥근 알"처럼 무한한 의미로 끝없이 미끄러진다. 그렇다면 상에 갇히지 않고 끝없이 어딘가로 이행하고 운동할 뿐인 존재들이 구성하는 우주에 정해진 섭리란 있을 수 없다. 유일한 질서란 그저 그들이 행위함으로써 끊이지 않는 변화, 오직 그것이다. 그렇게 무결한 신이 만들었기에 불변한다고 믿어온 우주의 순리마저도 파편화되어 사라진다. 자신의 어머니보다 먼저 태어난 '민나'가 어머니를 낳은 암소의 탄생을 돕는 세계에선 분만과 출생의 선후 관계가 모호해지듯 처음과 끝이 구별되지 않는다. 마찬가지로 "최초의 밀알을 심"다가도 곧바로 수확이 가능해지고 선 채로 잠들었다 깨면 어느새 계절과 장소가 바뀌는 순간, 선형적인 시공간의 순서 역시 곧장 힘을 잃는다.

　이렇게 초월적인 권위자 혹은 원본 세계가 허상이 된 뒤, 우주를 빚는 유일한 방법은 흐르는 존재들의 리듬으로 밝혀진다. 목적지를 정해두지 않고 어딘가로 가자고 반복하는 '민나'의 말처럼, 날아가고 떠다니는 이행만이 우주를 허물고 재차 형성하는 기법이다. 그런데 이 움직임이야말로 '거꾸로 된 여정'이라 부를 만하다. '민나'는 몸이 작아지거나 커지는 방향을 잊어버려 작아져 소멸할까 봐 겁이 난다는

김다솔

강아지 '또'와 함께 기꺼이 작아지기를 택한다. 스스로 떠오르기보다 먼 데서 도움을 주기 위해 날아온 "붉은 새가 일으킨 소용돌이"에 올라탄 둘은 그렇게 점차 작아진다. 외로울 '득'을 위해, 더 많은 존재와 함께하기 위해 그 순간을 반복하는 '민나'는 끝없이 작아지고 그럴수록 더없이 많아진다. 그렇게 "너무 많아졌지만 너무 작아졌기 때문에 완벽한 균형을 유지하고, 세상 모든 입자이자 단 하나의 입자로서 텅 빈 우주를 가득 채운" '민나'는 "발견과 상상의 경계를 허물고 과학과 신앙의 관계를 녹이곤 하는, 우주 최초의 입자"인 "작은 옥구슬"이 된다.

　모든 존재가 나름으로 약동하며 세계를 함께 만들어 가는 과정에 참여할 때, 신이 세계를 만들었다는 문장은 그들 전부에 각각 신이 깃들어 있다는 뜻이 되리라. 따라서 서로의 신체를 만지고 약동하는 운율에 귀 기울이는 낱낱의 존재들이야말로 유일한 "우주적 진실"일 테다. 이에 재생과 순환을 상징하는 옥처럼, '옥구슬 민나'를 이루고, 그것으로 이루어진 이들은 그 자체로 순환을 반복하며 유구해진다. 이로써 무한으로 나뉜 민나는 마침내 "모든 것"이 되고, 사실상 "내내 민나는 모든 것이었다." "최초와 최후가 이마를 맞대고 우주는 이제야 우주가" 되듯이. 즉, 신은 결국 그가 만들었다고 여겨진 만물의 몸에 이미 일부로 깃들어 있었다는 것. 그래서 "우주를 만드는" 완전자였던 '그'가 역으로 "그를 만드는 우주"와 만나 "무슨 우주가 되"는 동시에 하나의 "우주가 된 그"로 거듭나는 과정. 이것이 현호정이 밝혀낸

거꾸로 된 신의 내력에 대한 풀이이자, 창조적 진실이다. 이제 강제로 형성된 의미로부터 자유로워진 존재들은 이윽고 원하는 방향으로 나아갈 수 있도록 느슨히 풀어진다.

그런데 이때 '민나'의 이야기가 샤먼이 된 '득의 기록'으로 전승되어, 전생에 '득'이었던 '나'에게서 발화되고 있다는 사실은 중요하다. 섭리를 깨닫는다 해도 인간은 세계에 매인 존재. 그렇기에 '득'은 "나는 인간이고 인간에게는 한계가 많은 법"이며, "내게 삶은 지금 이것이 전부"이기에 '민나'의 우주적 깨달음과 결단을 모조리 이해할 수 없음을 절감한다. 그러나 '득'은 바로 그 한계 때문에 "민나의 목소리들"이 "내 안에서 떠올려"지게 할 "신령한 의식"을 반복하겠다고 다짐한다. 그러므로 이야기로서 세계를 창조하던 '민나'의 목소리를 되풀이하는 '득'과 '나'의 반복은 새로운 창세를 연속해서 현재의 인간 세계로 불러들이는 의식이다. 그리고 이러한 신화를 품고 살아가는 일은 신인 '민나'만이 아니라, '민나' 그 자체인 '모든 것', 모든 존재를 기억함으로써 인간이 할 수 있는 윤리적 행위를 약속하는 삶을 열어젖힌다. 따라서 '득'의 결심은 인간의 우월함이 아니라, 작아지고 많아진 인간의 자리에서 온다.

그렇다면 지금과는 다른 세상을 '여기'로 끌어당기기 위해 오직 인간으로서만 할 수 있는 일은 어떤 방식으로 수행되는가. 김여름의 「공중산책」은 잊힌 존재의 흔적을 세계에 정교하게 아로새기는 일이 곧 지금 이곳을 다르게 쓰는 예술의 힘이자 자신 역시 증명하는 길이라고 믿으며,

김다솔

이를 "인간만이 할 수 있는 것"이라 단언한다. '나'는 자신의
장례미사에 참석해 기도하는 사람들을 바라보며 "나는 단
한 번도 신을 믿은 적이 없다"고 말하는 이미 죽은 존재다.
신이 관장하지 않아 이미 기존의 문법이 흐릿해진 세계에서
'나'는 독특하게도 죽음을 "나의 상태 같은 것" 정도로
여기고, 귀신으로 남은 사정을 가볍게 산책하듯이 "세계를
관조해보기로 한 것"이라 밝힌다. 줄곧 자기의 죽음에 담담한
'나'의 태도는 "삶에 대한 어떤 책임도 남아 있지 않"은 채
"가벼움"을 만끽하며 세계에 머무르고 싶은 마음에서 비롯된
것이다. 그리고 이는 '나'의 생전의 삶이 어쩐지 순탄치
않았을 거라 짐작하게 만든다.

'나'가 "무엇이든 훔쳐볼 수 있"는 귀신이 되고서야
깨달은 흥미로운 사실이 있다. 귀신은 "인간의 내밀한 어떤
것"마저도 볼 수 있다. 귀신이 되어 타인들의 속사정을
훔쳐본 이후 '나'는 "인간은 안쓰러운 존재"이며 그렇기
때문에 "인간을 잘 아는 자는 인간이 아닌 자일지도"
모른다는 결론을 내린다. 함께 살아가면서도 서로를 이해하지
못하는 사람들. 다른 이들과 온기를 나누지 못한 채 차단된
삶이 살 만하지 못하다는 현실은 '나'가 찾아간 예술대학의
일인극에서 여실히 드러난다. 연극은 덤프트럭 추돌 사고로
사망한 청년이 자신의 죽음을 받아들이지 못하고 생과 죽음의
모순점을 찾기 위해 관객에게 계속해서 처절히 질문하며
진행된다. 이때 청년이 선 무대는 죽음이고, 객석은 삶으로
뚜렷하게 구획되어 있다. 하지만 "어떤 삶은 죽은 것과 같고

어떤 죽음은 살아 있는 것과 같"다. 무엇이 삶이고 죽음인지
구분할 수 없을 정도로 열악한 사회와 닿을 수 없는 생과 사의
거리는 "어느 쪽이 삶인지"를 묻는 질문에 아무도 대답하지
않고, 대답할 수 없을 견고한 선을 긋는다.

그런데 삶에 미련이 없다고 자주 덧붙이는 '나'의 산책에
동행하다 보면, 어쩐지 '나'가 누구보다 유의미한 삶을
누리고 싶었던 건 아닌가 짐작하게 된다. '나'는 예술대학의
도서관에서 소설을 쓰면서도 친구에게 "아무도 자신의
글을 읽어주지 않을까 봐 두렵다는 내용"을 끝내 전송하지
못하는 어떤 여자의 "첫 번째 독자"가 되기로 결심한다.
다소 뜬금없는 이 결단은 여자의 존재와 삶을 증명해주려는
마음에서 비롯된 것이다. "쓰는 것이 이 여자의 삶이었으므로.
쓰는 자에게는 필연적으로 읽는 자가 필요했으므로." 그런데
무엇보다 중요한 속사정은 이 증명의 행위가 이유 없이
"누군가의 삶을 응원한다는 것은 어쩐지 인간만이 할 수 있는
것처럼 느껴지니까. 인간을 제외한 존재는 할 수 없는 것처럼
여겨지는 것이 궁금했"기 때문에 이루어진다는 것이다.
특별한 사건은 없지만 두 인물이 어떻게든 서로를 도와 삶을
회복하기 위해 노력하는 이야기가 이어지는 여자의 소설은
자전적인 듯 보인다. 그리고 '나'는 시간이 오래 걸리더라도
여자가 끝내 소설을 완성하리라는 사실을 굳게 믿는다.

여자의 소설을 포함하여 거창한 사건이 아니라 어떻게든
살아가는 존재의 삶과 의미 자체를 증명하려는 예술은 소설
전반에 걸쳐 총 세 번 등장한다. 두 번째는 '나'의 연인이었던

'루'와 함께 보았던 사진작가 출신 '히로세 유코'의
영화들이다. 그의 영화에서 서사와 대화는 소거되어 있다.
대신에 존재를 송두리째 뒤흔들 상실을 겪은 인물들이 끝없이
걷는 모습과 그들을 비추는 '빛'의 모티프가 반복된다. '나'가
보지 못하고 죽은 신작 〈미완성 산책〉에서도 역시 목적지를
정하지 않고 걷는 연인들이 등장한다. 연인 중 한 사람이
먼저 죽은 상황에서, 사랑하는 이의 죽음을 부정하던 이와
어떻게든 자신의 방식으로 삶을 회복하기 위해 애써왔지만
죽음을 선택한 또 다른 이는 '나'와 '루'의 모습과 겹친다.

  마지막으로 '루'의 사진 역시도 하나의 존재 증명
방식이었다. 카메라를 통해 타인의 기억을 담는 인물 사진을
즐겨 찍어온 "루의 사진은 내가 살아 있었음을" 그리고
"우리를 증명"하는 또 다른 '빛'이었다. '나'의 장례식장에
참석하지 않았으나 성당의 풍경을 바라보며 "사진 찍기를
멈추지 않"는 '루'는 죽어버린 '나'의 존재를 마지막까지
매만지는 아득하고 아련한 빛으로 남는다. 그리고 비로소
'루'의 사진을 보면서 '나'는 "내가 어쩌면 아직 삶에 미련이
있을지도 모른다는 생각을" 한다. '루'에게 "너만큼은, 내
선택을 비웃지 않을 거지?"라고 묻고 싶었던 '나'의 모습에서
삭제되어선 안 될 존재의 의미가 부스러지거나 재단될 때
꺼지는 생의 안타까움이 묻어난다.

  "이 세계의 모든 것은 존재의 증명"임을 명백히 밝히는
것. 그리하여 존재의 생애와 가치 모두를 함부로 판단하지
않고 그대로 쓰다듬는 것. 이에 더해 잊어선 안 될 이야기는,

이형異形을 어루만지는 방식

상대를 있는 그대로 받아들이는 자세가 사회에 자리 잡아야만 나 또한 그 자체로 귀중히 여겨지리라는 것이다. '루'의 말을 빌려 반복하자면, 누군가의 삶을 사진으로 담아 "존재하는 것에, 또는 존재했던 것에 관한 이야기를 하"는 일은 "곧 나를 증명하는 것"과 다르지 않다. 그리고 이는 어쩌면 한 면을 담는 즉시 빠져나가는 존재의 또 다른 면면을 본질적으로 감지하는 예술의 역할과 맞닿아 있을 테다. 그것은 "인간이 아닌 존재는 이 세계에 어떤 흠집도 내지 못"하기에 오직 지상에 발 딛고 선 인간만이 할 수 있는 일이자, 연결되어 있는 서로의 숨을 북돋아 세계를 한없이 확장하는 과정에 다름 아닐지 모른다.

5. 마지막 진실

여정을 마무리할 시간이다. 여섯 편의 소설을 거쳐 우리는 부풀어 오르고 휘어지는 세계와 마구잡이로 횡단하는 신체를 경험했다. 결코 완연히 만질 수 없는 몸. 빠져나가는 대상의 상연. 반복되는 실패와 상실이야말로 존재의 진실이며, 그것을 목도할 때 비로소 지각과 사유의 지평이 확장되어 섭리를 (재)창조할 수 있다는 사실. 그러면서도 유한한 신체에 갇힌 인간의 운명을 간과하지 않고 그 자리에서 미완의 기록을 새기려는 전심전력들.

그 과정에서 우리는 멀게만 느껴지는 존재의 아득함에

김다솔

고개를 떨구다가도 바로 그 생경함으로부터 새로운 길을 걸어볼 용기를 얻기도 했다. 모든 종류의 확신을 잃은 대가로 당도하게 된 세계는 본 적 없었던 모습을 한 채다. 쉽게 가치판단을 할 수 없을 정도로 무르고 금방이라도 흘러내릴 듯한 그곳은 여전히 파악하고 단정 지으려는 우리의 시야를 흐린다.

그런데 이 고된 여정을 되돌아보았을 때 잊어선 안 될 또 하나의 중요한 요소는 각각의 이야기를 마주할 때마다 읽고, 꿈꾸고, 상상하기를 멈추지 않았던 누군가의 존재다. 소설들이 펼쳐낸 모든 열림과 분열을 허투루 흘려보내지 않고 그 틈으로부터 출현한 타자성을 헤아리려 한 당신의 감각. 그것이 바로 변생變生하는 우주의 마지막 진실의 조각이다. 그러니 부디 어디든 당신이 선 그곳에서도 지금 여기의 현재가 한없이 확장되길. 그리하여 어딘가에서 또 다른 이형異形의 세계가 무궁히 죽어가고 탄생할 수 있길 진심으로 소망한다.

이형異形을 어루만지는 방식

문학 웹진 LIM

여기, 뚫고 나오는 이야기의 숲

장르 및 형식에 구애받지 않는 여기의 젊은 작가들을 위한 플랫폼입니다.
장·단편 소설, 시, 대담, 에세이 등 이채로운 작품을 요일마다 연재합니다.

LIM 문학상

응모 부문	단편소설(200자 원고지 기준 100매 내외) 2편	
시상 내용	대상 1편	상금 1000만 원 · LIM 수상작품집 수록 · 문학웹진 LIM 연재(장편 1편, 단편 3편 이상) 및 개인 단행본 출간
	우수상 1편	상금 300만 원 · LIM 수상작품집 수록 · 문학웹진 LIM 연재(단편 1편) 및 LIM 젊은 작가 소설집 수록
	가작 ○편	상금 각 100만 원 · LIM 수상작품집 수록
응모 자격	제한 없음	
응모 마감	2024년 7월 5일 (마감 일자 소인 유효)	
수상작 발표	8월 말 문학웹진 LIM 메인 페이지	
응모 요령	응모작은 어느 매체에도 발표하지 않은 신작이어야 합니다.	
	등기 우편 접수에 한하며 우체국 마감 일자 소인까지 유효합니다.	
	겉봉투에 'LIM 문학상 응모작'임을 명기해주시기 바랍니다.	
	이름, 주소, 전화번호, 메일은 원고와 분리된 별지에 기재해주시기 바랍니다.	
	응모작은 반환하지 않습니다.	
보낼 곳	10881 경기도 파주시 회동길 152 4층 열림원 편집부 LIM 문학상 담당자 앞	

'-림LIM'은 '숲'의 뜻을 더하는 접미사이자
이전에 없던 명사입니다.

www.webzinelim.com

림LIM
젊은 작가 소설집 3
『옥구슬 민나』

초판 1쇄 발행	2024년 5월 1일

지은이	김여름·라유경·서고운·성혜령·예소연·현호정
펴낸이	정중모
펴낸곳	도서출판 열림원

출판등록	1980년 5월 19일(제406-2000-000204호)
주소	경기도 파주시 회동길 152
전화	031-955-0700
팩스	031-955-0661
웹진	www.webzinelim.com
이메일	editor@yolimwon.com　　　인스타그램　@yolimwon
	webzinelim@yolimwon.com　　　　　　　　@webzinelim

주간	김현정
책임편집	김민지
편집	박지혜·김혜원
디자인	강희철
마케팅 홍보	김선규·최은서·고다희
온라인사업	서명희
제작 관리	윤준수·고은정·구지영·홍수진

표지·본문 디자인	굿퀘스천

ISBN 979-11-7040-261-9
ISBN 979-11-7040-174-2 (세트)